U0369728

南开百年学术文库

俄语诗行里的中国形象

谷羽 编译

南開大學出版社
天 津

图书在版编目(CIP)数据

俄语诗行里的中国形象 / 谷羽编译. — 天津：南开大学出版社, 2022.3
(南开百年学术文库)
ISBN 978-7-310-06235-5

Ⅰ. ①俄… Ⅱ. ①谷… Ⅲ. ①诗歌研究—俄罗斯②国家—形象—研究—中国 Ⅳ. ①I512.072②D6

中国版本图书馆 CIP 数据核字(2021)第 280768 号

俄语诗行里的中国形象
EYU SHIHANG LI DE ZHONGGUO XINGXIANG

南开大学出版社出版发行
出版人:陈　敬
地址:天津市南开区卫津路94号　　邮政编码:300071
营销部电话:(022)23508339　营销部传真:(022)23508542
https://nkup.nankai.edu.cn

河北文曲印刷有限公司印刷　全国各地新华书店经销
2022年3月第1版　2022年3月第1次印刷
230×155毫米　16开本　27印张　1插页　374千字
定价:98.00元

如遇图书印装质量问题,请与本社营销部联系调换,电话:(022)23508339

诗歌以外的感受

在世界范围内，除了俄罗斯，没有哪个非汉字文化圈国家的文化精英对中国连续保持3个多世纪的关注，也没有哪个国家的诗人能创作出如此丰富的中国题材诗歌。这种现象的出现，不仅仅因为中国和俄罗斯互为邻国，有悠久而密切的交往历史，还因为俄罗斯文化兼具东西文明的特质，俄罗斯作家对包括中国文化在内的东方文化具有特殊的情感和认知力。

将描写中国事物和包含中国意象的俄语诗歌尽可能集齐并在中国翻译出版，是一个极具时代特色的创意，很符合当下世界目光聚焦于中国的现实。谷羽先生在6年前就开始实现自己的宏愿，于2017年初给我传来他修改补充后的编写提纲。他在来信中说："我把《俄语诗行里的中国形象》书稿提纲做了修改补充，寄给您过目。有空时请把18世纪相关著述寄给我。"由于正值南开大学迎接百年华诞，该书被列入了"南开百年学术文库"，作为2019年百年校庆的献礼。与此同时，先生开始了中国古典诗词的俄译工作，获得了两个国家出版基金项目，独立或与俄罗斯学者合作出版了一系列中国古今诗歌俄译本，如俄语译本《诗国三高峰 辉煌七百年》、中国当代诗选《风的形状》、汉俄对照中国诗歌系列读本《唐诗读本》《宋词读本》《元曲读本》《李白诗读本》《当代诗读本》(三册)等。可以说，谷先生是当代中国俄译中国诗歌用力最勤、成果最丰和影响最大的学者。

2021年4月5日，先生通过E-mail一下子寄来了5部书稿。他几乎将中国题材的俄语诗歌搜罗殆尽，并且都翻译成了中文，按照时代和内容特征巧妙地编排成集。先生2002年退休，到今年正好是20年。尽管在这20年间我时时刻刻都能感受到他的老当益壮，年年都能看到他有多种新作问世，但对于一位八秩老人而言，这样的"爆发力"还真把我惊到了！在敬佩和感动中我回复先生："谷老师，收到了，您太伟大了！"次日，先生来信说："伟大，这个词我可担不起。谢谢您的抬爱。昨天匆匆忙忙，信中好几处错字，对不起！这几本书稿，又有所补充和修改，再发一次。前面发的书稿可删除。"说实话，我因忙于行政和教学工作，还没来得及看书稿，可先生已经把修订过的新版本传来了，真令我惭愧。而后，为了能够完整地呈现俄语诗人中国书写的历史和题材，先生又从5部书稿中精选佳作，编成了此书。

《俄语诗行里的中国形象》主要收录了18世纪以来61位俄语诗人的中国题材诗作，共三百多首，23200行。作者主体为俄罗斯诗人，也包括少量以俄语进行创作的乌克兰、白俄罗斯和以色列诗人。将3个多世纪以来俄语诗人在不同历史背景下创作的散落于各种报刊杂志中的描写中国的诗歌收集在一起，本身就是一件前无古人的创举，而对其从内容和艺术上进行甄别筛选，更需要译者兼具诗人和翻译家的双重素质和体验。通过先生优雅的译笔，《俄语诗行里的中国形象》中的每一首诗都用汉语得到了完美的呈现，我国读者得以在俄语诗歌的意象中感受中国风物乃至中国文化的别样情调，体会两国人民深厚而悠久的情感渊源。这对于我们深入认识俄罗斯的文学和文化，进一步增进中俄世代友好和构建人类命运共同体具有积极作用。

我和先生经常通电话，但话题永远只有学术，他总是兴奋地告诉我最近出版了什么著作，完成了什么书稿，正在酝酿着什么计划。当然，也会谈及他与中俄学术界和文学界的交往、互动与合作，这是因为先生的朋友圈很大，交际很广，有中国的俄罗斯文学研究者，也有俄罗斯的汉学家，有俄罗斯的作家，也有中国的诗人。在先生"休息"

的这20年中，一共出版了42种译著、1部文集，主编或主持翻译著作3部。我经常对先生说，您在“休息”中做出的成绩，让我们这些上班在岗的人汗颜。2015年先生获“安年斯基诗歌翻译奖”和“深圳十大好书评选年度致敬译者提名奖”，2019年又获《诗刊》“2018年度陈子昂翻译家奖”和“中国俄语教育终身成就奖”。

我不是谷先生的入室弟子，但在他身边学习和工作了三十多年。无论是人品还是学品，先生都堪称世范楷模，对我影响甚大。先生让我作序，我除了感觉自己学养不够以外，还有“心理障碍”，总觉得这是对先生的不敬。拒绝了多次，也拖了好久，老先生没有丝毫退让的意思，让我必须完成“作业”。几天前先生下了“最后通牒”，说书稿三审已经通过了，“现在就等着您的序言了”。为了不让先生着急，也不耽误出版进程，只好冒着僭越之嫌写下以上感受。

阎国栋
2022年1月13日

（序文作者系南开大学外国语学院院长，教授、博士生导师）

活水长流与情感共鸣

——《俄语诗行里的中国形象》自序

半亩方塘一鉴开，
天光云影共徘徊。
问渠那得清如许？
为有源头活水来。

宋代理学家朱熹（1130—1200）的这首《观书有感》，是广为人知的传世佳作。诗人借助方塘活水的生动意象，说明读书求知使人心胸澄澈的道理。

当代著名学者、《汉学研究》主编阎纯德教授描绘汉学与文化交流的意义，借用了“活水”这一意象。他说：**“中国文化是一道奔流不息的活水，活水流出去，带着中国文化的光辉影响世界；流出去的‘活水’吸纳异国文化的智慧之后，形成既有中国文化因子，又有异质文化思维的一种文化，这就是汉学。”**[①]

阎纯德先生的学术视野开阔，他所关注的不是半亩方塘的天光

① 阎纯德：《比较文化视野里的汉学和汉学研究（代序）》，《汉学研究》第五集，中华书局，2020，转引自阎国栋著《俄国汉学史》，人民出版社，2006，第680—681页。

云影，而是着眼于世界文化的交流，展现出当代中国学人的开阔胸襟和远大目光。

中国有五千年文明史，凝聚着古代先哲智慧的《易经》《道德经》《论语》，就是中国文化“活水”的源头，而《诗经》、《楚辞》、唐诗、宋词，这生生不息的“活水”不仅滋润着世世代代的中国文人，也引起了近代国外汉学家的关注与推崇。联合国教科文组织认定的世界十大名人，孔子位居第一[①]；《道德经》是外语译本最多的古代典籍之一。这也是当代中国人文化自信的根基。

中国文化的“活水”流出国境，流向世界，离不开国内学者的研究、传承、发扬光大，同样离不开国外汉学家、翻译家的翻译、评介与传播。国家与国家、民族与民族之间的文化交流，说起来是规模宏大的工程，其实是通过一个个具体的人来实现的。

中国经典感动了国外汉学家、翻译家，他们满怀热情地把优秀的作品翻译成本民族语言，帮助中国文化的“活水”流进他们的文坛诗苑，读者读了这些译作，受到感动，引发情感共鸣，如果他是诗人，就会写出回应的诗篇。这样，中国作品就从走出去，更进一步，能叩开读者的心扉，让中国诗词的“活水”，滋润他们的心田。在这个过程中，汉学家和翻译家起到了引水灌溉、开辟出一片文化园地的作用。

伴随着科学技术的进步，计算机和网络的普及，国际文化交流的步伐正在加速，取得了了日新月异的可喜变化。古老的文化传统，与科学技术的突破创新，有助于实现中国人的梦想，加速人类命运共同体的构建。

---

① 联合国教科文组织确认的世界十大文化名人，依次是：孔子（前551—前479），中国思想家、教育家；柏拉图（前427—前347），古希腊哲学家；亚里士多德（前384—前322），古希腊哲学家；阿奎纳（约1225—1274），意大利哲学家、神学家；哥白尼（1473—1543），波兰天文学家、数学家；培根（1561—1626），英国哲学家、作家；牛顿（1643—1727），英国物理学家；伏尔泰（1694—1778），法国启蒙思想家、文学家、哲学家；康德（1724—1804），德国哲学家、作家；达尔文（1809—1882），英国生物学家，进化论奠基人。

1

中国文化走出国门，与俄罗斯文化的交流处于重要地位。俄国人了解中国文化，比欧洲人略晚。17世纪，他们借助欧洲有关中国文学作品的译本了解中国，这成为俄罗斯社会上层人士认知中国文化的一个渠道。

18世纪，有些法国传教士翻译的中国作品传到了俄罗斯，比如依据《赵氏孤儿》翻译的剧本《中国孤儿》，还有《庄子休鼓盆成大道》等话本小说，在俄罗斯都引起了一定的反响。苏马罗科夫（1717—1777）就根据法译本翻译了《中国孤儿》的片段台词。

18世纪欧洲推崇东方文明的“中国风”也吹到了俄罗斯。杰尔查文（1743—1816）和拉季舍夫（1749—1802）的诗行里，都出现了赞美孔夫子贤明的词句。而圣彼得堡皇家园林里更是修建了中国式剧院、中式拱桥、中式凉亭，湖泊里的石舫跟北京颐和园的石舫相似，只不过规模稍微小一点儿。庞大的夏宫里有一座蓝厅，陈列着中国的典雅瓷瓶，墙壁上蓝色丝绸刺绣着树木、花草、人物、禽鸟，一派中国田园风光。而皇村学校就坐落在夏宫的翼楼里，那就是普希金（1799—1837）当年读书的皇村学校。正是在这里学习期间，14岁的少年普希金写下了抒情诗《给娜塔丽娅》，提到了“谦恭礼貌的中国人”，自我调侃是个“苦行僧”。

19世纪上半叶，俄罗斯汉学家比丘林（1777—1853），作为俄罗斯修士大司祭、第九届宗教使团团长，曾留居中国14年（1807—1821），此人博学多识，译著有《四书》《大清一统志》《中国及其居民、风俗、习惯、教育》等，还有《三字经》的诗体译本（1829）。比丘林把《三字经》题写赠言送给诗人普希金，诗人认为这本书是“儿童百科全书”。他在转年创作的一首诗中，想离开俄罗斯，“走到长城脚下”，渴望访问中国，显然跟汉学家比丘林的交往有关。

继比丘林之后，另一位汉学家王西里（1818—1900），在翻译研究与传播中国文化方面居功至伟，他就是瓦西里·帕甫罗维奇·瓦西里耶夫院士。1840至1850年作为俄罗斯宗教使团随员，他在北京学习、生活长达10年之久。回国后成为喀山大学、圣彼得堡大学东方系教授。他翻译了《诗经·国风》当中的128首诗，1880年出版了《中国文学史纲要》，这是世界上第一部中国文学史。在这部著作当中，他把司马相如、杜甫、李太白、苏东坡，与普希金相提并论。值得一提的是，他跟俄罗斯纯艺术派诗人费特(1820—1892)是好朋友，他把苏轼的绝句《花影》翻译成逐词逐句的初稿，经过费特加工润色、诗化提升，发表在《祖国纪事》杂志1856年第5期，成为正式出现在俄国报刊的第一首中国古诗俄译本。

翻译与解读中国经典文本成为俄国汉学最重要的研究方法之一。王西里认为《诗经》是中国精神文化的根基。在他看来，“国风”中的歌谣“**是人民创造的，令人愉快的是，我们面对的是真正的人，而不是那些戴着面具的伪君子。从这里我们看到，中国人同样有一颗单纯、友好、充满人性的心灵，有与我们一样的悲欢离合之情**”[①]。在他看来，《诗经》就是中国文学发展的源头，其所反映的人民朴素而真挚的情感使之具有了全人类的价值。

在认知与传播中国古典文化方面，大文豪列夫·托尔斯泰(1829—1910)同样功不可没。1878年，他开始接触《道德经》，后来阅读《论语》《孟子》的英语译本，1884年写出了短文《孔子的著作》，其中有这样一段话：“**中国人民是世界上最古老的民族。中国人民是世界上人口最多的民族。他们有4亿5千万人，几乎比俄国、德国、法国、意大利、英国的人口加在一起还要多一倍。中国人民是世界上最平和的民族。他们不需要外国的领土，他们也不喜欢打仗。中国人是农耕民族。他们的皇帝亲自示范耕作。这就是中国人民最爱好和平的原因。**”[②]托尔斯泰赞赏老子的“无为”，墨翟的“兼爱”。他的这些观点在俄罗斯精英阶层有着潜移默化的影响。

---

①[俄]王西里：《中国文学史纲要》，阎国栋译，中央编译出版社，2016，第13页。
②《托尔斯泰全集》(91卷)，苏联国家文学出版社，1937，第25卷，第532页。

比丘林、王西里、托尔斯泰对于中国文化这股“活水”流进俄罗斯都做出了自己力所能及的贡献。

2

20世纪初,又一位俄罗斯学者阿理克(1881—1951)于1906年来到中国,他就是未来的苏联汉学奠基人瓦西里·阿列克谢耶夫院士。阿理克学识渊博,治学严谨,笔耕不辍,著作等身,是苏联文化界公认的学术权威。他一生共发表学术著作260多种,是20世纪上半叶最有威望的汉学家。他站在世界文化的高度,深知中国文化与文学的价值,提出了东方文化与西方文化将趋向相互融合的观点,明确反对猎奇心理,反对欧洲文化中心论。

1920年,阿理克撰写了包括45项内容的《中国典籍翻译提纲》,他自己完成了其中的4项:《中国诗人论诗——司空图〈诗品〉翻译与研究》、蒲松龄小说《聊斋志异》、《中国散文精粹》两卷集、《常道集——唐诗选》(完成于20世纪40年代,2003年出版)。而《易经》《诗经》《楚辞》《汉乐府》《陶渊明诗选》《唐诗选》《西厢记》等项,皆由他的几位弟子完成。因此俄罗斯翻译与研究中国古代文化与文学具有系统性、连续性和科学性的特点。

阿理克还提出了注重科学性和艺术性的译诗原则,以诗译诗、以俄语音步对应汉语音节的译诗方法,不仅传达原作的情感、意象,同时再现原作的节奏与音乐性,以期取得动人的艺术效果。以李白的《静夜思》为例,俄罗斯译本多达16个,翻译得最准确、最传神的是阿理克,他的译本不仅用词最少、最简练,而且再现了原作不用人称代词、抒情主人公不出场的巧妙笔法,没有高超的学术造诣,难以达到这样的艺术高度。

19世纪与20世纪之交,即从1890至1921年,被称为俄罗斯白银时代。其间俄罗斯诗坛相继出现了象征派、未来派、阿克梅派。巴尔蒙特(1867—1942)、勃留索夫(1873—1924)、古米廖夫(1886—1921)等几位著名诗人都相当关注中国文学与诗歌。

巴尔蒙特不仅是象征派代表性诗人，也是闻名遐迩的诗歌翻译家，他通晓十几门外语，翻译过《道德经》14章，译过李白、杜甫和王昌龄的诗，创作了《中国天空》《中国遐想》等有关中国古代神话的十四行诗，还写出了著名的《太虚》(一译《伟大的虚无》)，推崇庄子的思想。在他的诗作中出现了“龙”“凤”“麒麟”，诗人认为这些都是“瑞兽”，是中华民族古代尊崇的图腾。

象征派诗人勃留索夫被高尔基称为“最有文化素养的作家”，同样通晓多门外语，他创作了《中国诗》组诗，尽力模仿并体现中国诗的简洁凝练，再现句子追求对仗的特征。他还写出了《罗马人在中国》，描述马可波罗访问元大都的历史故事。

古米廖夫是阿克梅派的核心人物，创作了一系列诗歌作品展现他对中国文化的向往。他还借助法国女诗人朱迪特·戈蒂耶(1845—1917)的译诗集《白玉诗书》，转译并出版了《中国诗集——琉璃亭》(1918)，并且创作了长诗《两个梦》，对中国龙的描述充满了个性化的想象。

这三位诗人，都具备世界文化的博大情怀，把中国文学与诗歌视为人类文化的宝贵遗产。而被誉为“俄罗斯诗坛的月亮”的阿赫玛托娃(1889—1966)，不仅创作了一系列扣人心弦的抒情诗，还跟汉学家费德林(1912—2002)等人合作，翻译了屈原的《离骚》和李白、李商隐的诗歌作品。她翻译的李白诗有7首，其中包括《将进酒》《日出入行》和《关山月》等。这位诗人的译笔受到了专家和广大诗歌爱好者的一致好评。阿赫玛托娃对中国诗歌的爱好，直接影响到接近她的几位年轻诗人，比如布罗茨基(1940—1996)、莱茵(1940—1997)和1936年出生的库什涅尔。

有趣的是未来派诗人鲍勃罗夫(1889—1971)阅读了阿理克的学位论文《中国诗人论诗——司空图〈诗品〉翻译与研究》，借助阿理克逐词逐句的翻译初稿，也翻译了司空图的《二十四诗品》，并且找到了当时在莫斯科的中国诗人萧三，得到了萧的认可，于是鲍勃罗夫把这些译诗寄给阿理克过目，二人开始通信，探讨译诗问题，成为俄罗斯诗坛的一段传奇。

3

20世纪初经历了第一次世界大战、十月革命与国内战争，俄罗斯许多文化界人士流亡国外，柏林和巴黎成了俄国侨民的聚居地，有些人则漂泊到中国的哈尔滨，形成了俄罗斯侨民诗人的东方群落，其中最有成就的诗人当属瓦列里·别列列申（1913—1992）。米哈伊尔·沃林（1914—1997）和尼古拉·斯维特洛夫（1908—1972）的作品也独具特色。

1920年，7岁的瓦列里跟随母亲来到中国，先后在哈尔滨、北京、上海、天津生活32年，1952年移居巴西。他精通汉语，认同中国文化，把中国称为“善良的继母”和“第二故乡”，认为中国人是“黄皮肤的兄弟”，对中国人的良善与包容深有体会。在上海他结识了戈宝权，1945年11月起在龙果夫任社长的塔斯社工作，跟翻译家草婴成了同事。戈宝权帮助他找到《琵琶行》和《木兰辞》汉语原作，他译成了俄语。侨居巴西首都里约热内卢后，他把《道德经》和《离骚》译成俄语。他翻译的中国诗集《团扇歌》，1970年在德国法兰克福出版，为中国文学和诗歌走向世界做出了默默的奉献。诗人熟悉中国的传统文化与风土人情，其作品语言洗练优美；相当一部分诗歌题材涉及在中国的生活经历与见闻；他对中国古典诗词、绘画、书法与音乐均有所涉猎，从中汲取了养分，因而其作品接近中国诗的风格与情趣。

米哈伊尔·沃林，出生于哈尔滨，16岁开始发表诗作；1937年移居上海，1949年举家迁往澳大利亚，在中国生活35年之久。他著有诗集《穿越诗行》（1987），其抒情诗形式简洁，诗风明快，充满青春活力，极富灵性。诗人热爱俄罗斯，同样热爱中国。20世纪30至40年代，他深切同情中国人民遭遇的苦难，相信勤劳如蜜蜂、坚韧似黄牛的中国人必定拥有光明的未来，出自他笔下的两首《中国吟》，至今读来令人感动，不禁深深佩服诗人的超前意识以及预判未来的先见之明。

尼古拉·斯维特洛夫，早年生活于哈尔滨，1931年移居上海，1947年返回苏联。他的诗贴近中国普通民众的生活，叙写民风民俗，比如

《中国新年》;《大街上》则描绘了捏面人的手艺人,具有草根性和泥土气息。他跟翻译家戈宝权是好朋友,1948年勃洛克长诗《十二个》汉语译本由时代出版社印行,戈宝权在译后记中写道:**“翻译过程中,又承司唯劳夫兄(Н. Светлов)为我解释了许多疑难处,夏清云兄(В. Перелешин)为我校阅过全部译文……现一并在此表示感谢。”**[①]这里所说的“司唯劳夫”即斯维特洛夫,“夏清云”则是别列列申给自己起的汉语名字。

4

20世纪30至40年代,中国人民经历了艰苦卓绝的抗日战争和波澜壮阔的解放战争,终于推翻了蒋家王朝,建立了新中国。从1949年开始,中国和苏联进入了中苏友好的“蜜月期”。中苏文化交流出现了第一次热潮,这期间郭沫若与费德林合作主编的四卷本《中国诗选》堪称里程碑式的译著。这部四卷本译诗集凝聚着中国和俄罗斯众多学者、诗人和翻译家的智慧与心血。中方参与四卷本《中国诗选》篇目筛选的,除了主编郭沫若,还有郑振铎、余冠英、文怀沙、浦江清、游国恩、李广田等多名教授和学者,他们都是中国文史专家,熟读经典,有深厚的文学造诣和艺术素养,这就保证了入选篇目的经典性和系统性,为合作方的翻译奠定了良好的基础。

俄方主编者费德林,原名尼古拉·特罗菲莫维奇·费多连科。他是阿理克的博士生,博士学位论文题目是《屈原的生平与创作》,《离骚》的俄译本初稿就出自他的手笔,经诗人阿赫玛托娃修改润色得以出版。费德林是学者,也是外交官,他在中国生活12年,1939至1947年任苏联驻华大使馆秘书、参赞;此后两年任苏联驻华代办。1950至1952年担任苏联驻中华人民共和国参赞兼代办。他接触过中国文化界很多学者,跟郭沫若相当熟悉。由他来担任《中国诗选》的俄方主

---

① 李萌:《缺失的一环——在华俄国桥民文学》,北京大学出版社,2007,第260页,注释⑥。

编,是最适合的人选。

费德林把他的老师阿理克的译诗,还有休茨基的译作编进了这部诗选,参与翻译的还有什图金(1904—1963)、艾德琳(1909—1985)、车连义(1925—2003)、孟列夫(1926—2005)、瓦赫金(1930—1981),这几位都是阿理克的弟子。此外还聘请了诗人阿赫玛托娃(1889—1966)、阿达利斯(1900-1969)、吉托维奇(1909—1966)参与翻译,由汉学家翻译初稿,诗人加工润色。

《中国诗选》四卷本当时的印数为35000册,成为中苏文化交流的巅峰标志。《中国诗选》的出版,第一次向苏联读者展示了中国诗歌几千年发展衍变的全貌,其规模堪称世界之最,这部诗集的出版成为苏联汉学界乃至文学界的一大盛事,也是两国文学界、翻译界相互合作,优势互补、互利双赢的典范。中国历代诗人的名篇杰作,经过俄罗斯翻译家的精心翻译,像知时节的春雨一样,洒落民间,滋润着一代又一代俄罗斯爱诗者的心灵。

5

20世纪50年代至60年代初,苏联派遣了大批援华专家来中国工作,许多作家、诗人来中国访问。其中有些人在中国生活的印象,对中国文化的了解,对中国人民的情谊,无形中影响到自己的子女,引发出不少生动感人的故事,这里介绍几位诗人和翻译家的经历。

约瑟夫·布罗茨基(1940—1996)出生于列宁格勒,他父亲亚历山大·布罗茨基是一名海军军官,1945至1948年作为苏联军事顾问被派遣到中国工作。回国时他给儿子的礼物有中国帆船模型、宝剑、水墨画、陶瓷工艺品渔翁;给妻子的礼物有成套的细瓷餐具,还有衣服和丝绸窗帘。这给8岁的约瑟夫留下了难忘的印象,从那时起就对遥远的中国充满了好奇与想象。少年约瑟夫15岁辍学,进入社会凭体力劳动谋生,同时开始了诗歌创作,他的诗在地下刊物发表,有些流传到国外,诗人阿赫玛托娃和汉学家瓦赫金很关注这位步入诗坛的年轻人。不料,他的写作引来了警方的干预,他曾经被关进精神病院,

1964年被审判定罪，判处流放服苦役5年，罪名是“社会寄生虫”。经过阿赫玛托娃、肖斯塔科维奇、叶甫图申科等人的呼吁奔走，布罗茨基服刑一年半获释，回到了列宁格勒。但他仍然感受到精神压力，1972年被剥夺苏联国籍，驱逐出境后去了美国。

布罗茨基在美国大学教书写作，1978年获得诺贝尔文学奖。他一直有个梦想，就是访问中国，因此继续学习汉语。他翻译过李白、王维、孟浩然的诗，也曾尝试翻译《道德经》。他于1977年创作的《明朝书信》，借助安徒生童话、中国历史、想象、虚构以及自身经历，写出了一首内涵复杂、具有象征寓意的作品。他的组诗《蝴蝶》跟庄子的“齐物论”则有内在的呼应与联系。

奥尔嘉·谢达科娃，1949年出生，她的父亲也是援华专家，奥尔嘉六七岁的时候，曾跟随父亲在北京生活过一段日子，西直门一带给她留下了印象。后来她毕业于莫斯科大学哲学系，留校任教。谢达科娃也是著名诗人、诗歌翻译家。她喜欢老子、庄子的著作，其组诗《中国行》，题词就选自《道德经》。组诗包括18首抒情诗，反复出现的意象有垂柳、拱桥、河水、船与天空，有李白和酒，还有占卜和《易经》。诗人仿佛面对一幅水墨画，在想象中神游中国。她所向往的是和谐宁静的天地。这和老子“人法地，地法天，天法道，道法自然”的主张是直接的呼应。诗人的文字含蓄，从容，生动形象，颇耐咀嚼。

诗人伊戈尔·科博杰夫（1924—1986），1960年来中国访问，在北京见到了溥仪，创作了抒情诗《在紫禁城》，用“皇帝同志”称呼这位已经改造成公民的末代皇帝。回到莫斯科以后，诗人不仅给儿子阿尔焦姆带回了中国玩具，还给儿子讲述中国诗的优美，汉语的声调悦耳动听，这给儿子留下了难以磨灭的印象。阿尔焦姆上九年级的时候，参加莫斯科有关中国的演讲比赛，荣获一等奖，此后考入莫斯科大学哲学系，以优异成绩毕业，如今是俄罗斯科学院东方研究所中国部主任。他研究王阳明新儒学和《易经》，参与翻译《金瓶梅》，由于主编《中国精神文化大典》获得俄罗斯联邦国家奖，2020年获得中国图书特殊贡献奖。科雅琼就是阿尔焦姆·科博杰夫的汉语名字。

阿尔焦姆不仅给我寄来他父亲的诗作，推荐了诗人凯德林的《中国情缘》，还把自己写的两首诗也让我译成中文。父子两代的诗歌作品同时编入这本诗集，也是中俄文化交流的一段佳话。

20世纪70至80年代，中苏两国关系改善，文化交流趋向活跃。这期间有两位诗歌翻译家的译作特别值得关注。

米哈伊尔·巴斯曼诺夫(1918—2006)，是外交官、诗人、翻译家。他学习过3年汉语，被派遣到中国在苏联驻华大使馆工作，也曾在天津、沈阳、新疆领事馆任职，前后长达20多年。这位外交官的业余爱好是译诗，最大特点是专注于词的翻译。李清照的《漱玉词》(1970、1974)和《辛弃疾词选》(1985)俄译本都出自他的译笔。1988年出版的《玉笛声》选译了从唐宋到清朝47位词人的284首词作，印数3万册，这对于中国"词"这种诗体在俄罗斯的译介与传播产生了广泛影响，从而提高了李清照和辛弃疾的知名度。巴斯曼诺夫翻译词，重视节奏和音韵，侧重俄罗斯读者的审美情趣和欣赏习惯，因而颇受诗歌爱好者的青睐。有些诗人受到他的影响，创作了诗篇赞美或同情李清照，比如阿拉·利普尼茨卡娅和叶列娜·洛克的作品。

车连义是汉学家、诗歌翻译家列昂尼德·切尔卡斯基的汉语名字。他是著名汉学家艾德琳的学生，1962年以论文《曹植的诗》获得语文学副博士学位。1972年以论文《中国的新诗》获得博士学位。在苏联诗歌翻译家当中，他是唯一专注于中国新诗的翻译家，主要译著有《雨巷(中国20—30年代诗歌)》(1969)、《五更天(中国30—40年代诗歌)》(1975)、《蜀道难(中国50—80年代诗歌)》(1983)。这三本译诗集所选译作品年代具有系统性，共选译了95位诗人的434首诗，呈现了中国新诗20世纪20至80年代创作发展的概貌。此外，车连义还翻译了艾青诗选《太阳的话》(1989)，撰写了艾青评传《太阳的使者》(1993)、徐志摩评传《在梦幻与现实中飞行》(1997)。苏联解体以后，车连义1992年移居以色列。

诗歌翻译家车连义，也擅长写诗。他创作的《陆游之歌》不仅称赞了汉学家谢列布里雅科夫对陆游的研究，也塑造了诗人陆游个性鲜明的形象。这首诗的音韵独具特色，34行诗每行都押同一个韵脚“you”，充分显示了车连义驾驭诗歌语言的高超能力与才华。

6

进入21世纪以来，中俄文化交流呈现出多元化趋势。有些汉学家和翻译家的奉献和成就特别值得关注。

谢尔盖·托罗普采夫，汉语名谢公，1940年出生。他父亲阿尔卡基·托罗普采夫是建筑工程师，20世纪50年代作为苏联专家来中国工作，是修建北京苏联展览馆、上海展览馆的主要负责人。因此，谢尔盖13到14岁时在北京生活过一年半，曾经到上海、西安等城市旅游，给他留下了深刻印象。谢尔盖考大学选择了汉语专业，跟他的经历有关。他大学毕业后曾在苏联驻中国大使馆工作过一段时间，后来进入苏联科学院远东研究所从事研究。他撰写过《中国电影发展史概况》，翻译过王蒙、铁凝、残雪的小说；2000年转向李白诗歌的翻译与研究，《李白诗500首》(2011)和《诗仙李白传》(2014)是他的代表作。2006年他获得中国图书特殊贡献奖，2015年获得“品读中国”第一届终身翻译成就奖。

俄罗斯汉学家阿理克在《1907年中国纪行》一书中有一段论述：**“李白是中国诗歌的巅峰，是诗坛先知，是卓越的语言大师，是民族的巨人。”**接下来他写道：**“李白期待着俄国文学的承认，等候着具备力量和知识、期待直视伟大诗人灵魂的译者，就像有人能够直视拜伦和歌德的灵魂一样。”**[①]

看来，谢尔盖·托罗普采夫就是李白期待的那个俄罗斯人。试想世界上还有哪个国家、哪个民族的学者翻译过李白诗500首，同时又能撰写出《李白传》呢？

从2011年开始，我跟谢公联系通信，2015年我们开始合作翻译诗

---

① [俄]瓦·阿列克谢耶夫：《1907年中国纪行》，阎国栋译，云南人民出版社，2016，第226页。

歌。我们合作编选翻译的《诗国三高峰 辉煌七百年》俄译本(2017)和中国当代诗选《风的形状》(2018)相继在圣彼得堡出版,“汉俄对照中国诗歌读本系列”的《唐诗读本》《宋词读本》《元曲读本》《李白诗读本》和《当代诗读本》,入选“十三五”国家重点出版物出版规划项目,并得到国家出版基金项目资助,2020年已经由天津大学出版社正式出版,为中国和俄罗斯懂双语的读者提供了新的诗歌读本。

伊利亚·斯米尔诺夫,1949年出生,现任俄罗斯国立人文大学东方古典文化研究所所长,兼任彼得堡东方文学出版社编辑,1999至2004年期间,他作为责任编辑连续出版了9本中国古代诗集:艾德琳翻译的陶渊明诗选《秋菊集》(2000),克拉芙佐娃翻译的六朝诗选《雕龙集》(2004),艾德琳翻译的唐诗选《枯苇集》(1999),孟列夫译的唐诗选《清流集》(2001),谢列布里雅科夫编选并撰写序言的宋诗选《云居集》(2000),他自己翻译的明诗选《清影集》(2000)和明代诗人高启诗选《天桥集》(2000)。苏联解体以后,原来的国家出版社都变成了私人出版社,斯米尔诺夫编辑的这一套中国古典诗歌,每本印数只有2000册,跟20世纪50年代每本诗集印数动辄高达上万册,甚至3万册,早已经不可同日而语。经济的不景气,读者关注力的分散,都导致图书出版业的萎缩。

即便面临重重困难,斯米尔诺夫还是责编再版了休茨基1923年出版的《7—9世纪中国抒情诗选》(该书是俄罗斯第一本唐诗选),书名改为《悠远的回声》(2000)。更为难得的是,阿理克院士在苏联卫国战争时被疏散到中亚地区期间翻译的唐诗选《常道集》,尘埋半个多世纪之后,终于出版面世,为读者提供了一本弥足珍贵的译诗杰作。阿理克这位再传弟子尊师重道、注重精神传承的高尚品格令人敬佩。

斯米尔诺夫不仅从事翻译、研究和评论中国诗词,近年来还在莫斯科国立图书馆举办周日公开讲座,为观众诵读讲解中国古诗词,并与听众交流互动,解答问题。听讲座者有大学生、研究生、诗歌爱好者,职业不同,年龄各异,多数人虽然不懂汉语,却听得津津有味。斯米尔诺夫说:“中国古诗词像音乐一样涤荡心灵,其中蕴含着一个民

族的灵魂与情感。中国诗词带给世界和谐之美。”他想告诉中国朋友，感谢世界上有这样一个伟大的民族，留给世界这样伟大的精神财富，这样优美的名篇佳作。由于翻译、研究和传播中国文学的成就，2007年斯米尔诺夫荣获中国作家协会颁发的突出贡献奖，2015年获得中国驻俄使馆颁发的第一届“品读中国”诗歌翻译奖。

鲍里斯·梅谢里雅科夫，1960年出生于莫斯科，音乐学院毕业，熟练掌握英语、法语、德语，多年从事诗歌翻译，从20世纪80年代末借助汉英对照的《千家诗》自学汉语，进而尝试翻译其中的作品，后来把译作呈送汉学家车连义过目，受到肯定和鼓励。他翻译的《千家诗》书稿交给一家出版社，不料遭遇苏联解体，出版社倒闭，编辑不知所踪，译稿丢失，这让梅谢里雅科夫非常沮丧。后来他学会了电脑，自己开设了网站，从1999开始，把自己翻译的中国古诗陆续发布在《千家诗》网站上。至今这个网站的点击量超过了20万人次。我也是通过这个网站认识了这位诗歌翻译家。我把他的事迹写成随笔，发表在《中华读书报》2011年12月28日国际文化版。此后开始跟他合作翻译中国当代诗，我负责筛选当代诗歌作品，译成逐词逐句的初稿，寄给他加工润色，做诗化提升。就这样经过几年的努力，陆续选译了鲁藜、牛汉、曾卓、邵燕祥、云鹤、食指、樊忠慰等17位诗人的114首诗，这样就能让更多的俄罗斯诗歌爱好者聆听当代中国诗人的声音。

根纳季·施拉普诺夫，社会活动家，诗人，1938年出生于符拉迪沃斯托克，1963年毕业于俄罗斯国立远东大学历史系。他是《国际生态与安全》杂志主编，国际生态与生命安全科学研究院院士，还曾担任“欧亚作家联盟”主席。施拉普诺夫关注东西方文化碰撞与交流，热爱中国文化，推崇中国古代哲学与文学，多次访问中国。出版有俄、汉、英三语对照诗集《情感生态》（世界知识出版社，2008）、《瞬间与永恒》（莫斯科，马斯卡出版社，2018），后一本诗集中的汉语诗出自谷羽和李俊升的译笔。这部诗集包含四编：1.瞬间与永恒；2.独自思考；3.生命的凯歌；4.面向世界，共有216首哲理格言诗。前面三编的181首，都是五行短诗，形式接近西方的利马锐克诗体，但是没有严格的节奏与韵律，最后一编的35首都是三行诗，接近东方日本的俳句，但不受575音节的约束，内容偏重于思考人与自然，生与死，历史与当代，生活与生存的复杂关系。用诗人自己的话说，就是融合了杰出的西方理性与伟大的东方智慧，思考过去、现在与未来的人生感悟。

中国俄罗斯文学研究会会长刘文飞教授为施拉普诺夫的诗集《瞬间与永恒》撰写了序言。他说：“**在全球具有世界影响的文化大国中，似乎唯有中俄两国长期面临向东还是朝西的文化抉择，始自19世纪中期的斯拉夫派和西欧派思想争论至今仍改头换面地存在于俄罗斯社会，而关于中西文化孰优孰劣、何长何短的辩论与考量也始终是近代以来中国人心头或隐或现的困惑。**”刘文飞认为，中俄两国之所以长期面临东西方文化矛盾，是因为这两个国家处于东西文化板块的交接处，中俄两国的文化自身就是东西方文化的综合体。对于中俄两国的文化特质、精神结构和民族传统而言，东西模式的对峙并非总是挑战和制约，而往往构成特殊的发展机遇。中俄两国恰恰可以在东西方文化交融的历史时期对人类做出更大的贡献。我认为这是当代中国学者对中俄两国文化高屋建瓴式的真知灼见。

选入这本诗集的施拉普诺夫的诗歌作品，有的赞美古圣先贤老子、孔子，有的景仰伟大诗人李白、杜甫，有的献给现代诗人郭沫若、徐志摩，有的歌颂画家齐白石、徐悲鸿。看得出这位学者的历史眼光，诗人情怀。这8首诗，语言凝练，构思巧妙，充满了诗情画意，堪称上乘佳作。这样的诗作肯定会给读者留下想象的空间与诗意的回味。

7

唐朝诗人王勃写的“海内存知己，天涯若比邻”是世代流传的名句。古人对这两行诗的解读，不外是知己友情带来的心理安慰。有了计算机和互联网，当代人对这两句诗则有全新的体验。一台计算机摆在书桌，大大缩小了空间的距离，地球变成了地球村。正是借助计算机和互联网，我与国内的近40位诗人或已故诗人的子女保持着联系，跟俄罗斯、乌克兰、以色列20多位学者和诗人往来通信，翻译诗歌时相互切磋或咨询求教，格外便捷，这在20年前简直不敢想象。

2013年12月，我从俄罗斯Яндекс网上发现了写庄子的组诗，作者是莉季娅·雷巴科娃。通过俄罗斯朋友的帮助，我找到了她的邮箱，把组诗的汉译稿寄给她，并询问了几个问题，转天收到了诗人的回信。雷巴科娃告诉我，她1960年出生于塔尔多姆，生活于莫斯科州，出版有诗集《潮汐》《不知所措》《芝诺箭矢》。她关注中国文化和古代哲学著作，创作组诗《庄子梦蝶》，是因为读过汉学家马良文翻译的《庄子》，之所以喜欢庄子，是因为这位古代先哲拥有内在的自由。而灵感的来临是机缘巧合：夏天她在树荫下休息，观赏盛开的洋甘菊，一只黄凤蝶轻轻落在了她的手臂上，于是就萌发了创作的幼芽。不久她给我寄来了写老子的诗篇。我把中国诗人李南的几首诗译成逐词逐句的初稿，寄给她过目，她回信说很喜欢，并把修改润色的诗稿寄给我，还说特别欣赏抒情诗《呼唤》："一个清脆的童声，呼唤'妈妈！'，几个行路的女人，和我一样微笑着扭过头来……"普天下母亲爱护子女的心灵都是息息相通的，好诗如同山泉水，最容易滋润诗人的心灵。

我在互联网上结识的另一位诗人叫叶列娜·洛克。她在距离莫斯科四百公里的小城阿尔扎马斯生活与工作。洛克对中国历史、文化、文学、诗歌、电影感兴趣，尤其喜欢唐诗，大量阅读吉托维奇、艾德琳、孟列夫等汉学家翻译的唐诗俄译本。李白、杜甫、王维、白居易，是她最欣赏的诗人。她感觉自己仿佛是出生在唐朝的人，往往寥寥几笔就能勾勒出人物形象和情节，构思能力出奇地巧妙，令人赞赏。与其他俄罗斯诗人相比，她的视野更开阔，题材更广泛。她不只擅长写人物，还能写文房四宝，写黄酒与茶，写黄山云海与石猴，写春到云南，总之，仿佛她曾多次来中国旅游，其实她从未到过中国，所有的作品全都出自读书与想象。洛克写的诗属于严谨的格律诗，语言简洁，形式工整，我翻译她的诗也想尽力接近原作，再现其作品的风貌。

叶列娜·洛克承认自己性格内向，很少跟人交往，她写的诗都贴在自己的网站上，喜欢跟读者互动交流。到目前为止，她创作的诗共989首，写中国的诗185首，差不多是创作的五分之一。她的网站阅读点击量是60123人次，发表评论的有3718人次。这让我再次意识到，诗歌传播的模式是：中国的名诗杰作感动了汉学家和翻译家，汉学家和翻译家精心的译作感动了国外的读者，读者当中的诗人由于情感共鸣创作出回应的诗篇，其中既有中国文化的因子，又融合了国外诗人的智慧。这样的诗篇进而激发出读者的阅读兴趣，一环套一环，恰似一粒石子投进平静的湖水，激起一圈又一圈的涟漪逐渐向外扩展。

我跟洛克一直保持通信联系，迄今已经翻译了她的100首诗。我从中挑选出十几首，编进这本诗集，读者可以聆听她的歌声，欣赏她的诗艺风采。

2018年底，我在网上发现了另一位热爱中国文化的学者。这位数学家、诗人、画家，名叫伊戈尔·布尔东诺夫，1948年出生于莫斯科，莫斯科大学力学数学系毕业，俄罗斯科学院系统编程研究所首席研究员。令人惊奇的是，这位理科出身的学者，从20世纪80年代开始，大量阅读《易经》《道德经》《论语》《庄子》《史记》的俄译本。写诗，他推崇陶渊明；绘画，敬重王维与石涛。他的水墨画吸取了中国画元素，使用毛笔、墨汁、图章。布尔东诺夫曾3次访问中国。2008年和2010年两次来中国，游览过很多地方，创作了诗歌和绘画，留作纪念。2019年1月11日，我开始跟他通信，陆续翻译他的诗。2019年9月，他和夫人第三次来中国旅游。9月6日，我们在天津初次见面。他带来了诗集《布尔东诺夫诗选118首》，原来是把我翻译的诗自编自印，送给我留作纪念。

离开天津，他和夫人随团去了九江，拜访陶渊明墓的第二天，他写了一首《不一样的诗》：

有些诗，像早晨的花朵，
绚丽又柔美
临近傍晚就凋谢。
另外有些诗，像千年树
生长十个世纪，

只有到那时

树枝上才绽放

凌晨的花朵。

布尔东诺夫这首诗,让我想起了中国云南诗人晓雪的一首双行诗:

陶潜的菊花开了一千六百多年,

至今仍香在人们的心上。

陶渊明的诗是千年树,也是生生不息的活水,浇灌着晓雪的诗苑苗圃,也滋润着俄罗斯诗人布尔东诺夫新栽种的花草树木。

伊戈尔·布尔东诺夫写诗的风格,跟叶列娜·洛克形成鲜明的对照。如果说洛克的诗简洁严谨,那么布尔东诺夫的诗则自由奔放,想象力丰富,擅长铺叙描述,篇幅较长。诗的容量有时长达几十行,甚至上百行;但是决不拖沓繁琐,反而引人入胜,比如《与王维对话》《梦游庐山阿拉山》《桂林-麒麟》都是这样的作品。相信诗歌爱好者读了他的诗,一定会有个人的感悟与领会。

8

把众多俄罗斯诗人有关中国文化的诗歌作品翻译、汇编在一起,头脑中似乎出现了一种意象:两条细小的溪流静静流淌,逐渐汇入了一条河流,溪水由浅入深,水量由少到多,给人的印象由朦胧到清晰,从陌生到熟悉。静静的流水,渐渐泛出了声响,那是众声喧哗的歌唱,音乐的旋律奇妙而悠扬。

瓦西里·阿列克谢耶夫曾留学法国、英国、德国、中国,对于世界文化有宏观的把握,在他的早期著作《1907年中国纪行》中有这样一段精彩论述:“**埃及文化的特点是对死后生活的崇拜,希腊文化崇拜美和艺术,罗马文化崇拜国家和法律,而中国文化的特点是崇拜文字和文学。中国文学是吸纳了科学、艺术、日常生活全部细流及河川的**

汪洋大海，是中国全部精神生活的基础。”①

这位俄罗斯汉学家明确提出，反对欧洲文化中心论，主张东西方文化相互融合，指明了中国传统文化的特点。他对中国文化和文学的研究与翻译产生了广泛而深远的影响。

俄罗斯文化精英关注中国文化也是围绕中国文字和文学这两个重点渐次展开，不断推进，由浅入深的。

那么，梳理一下，这些诗人的关注点究竟在哪里呢？那就是中国文化传统的悠久与辉煌，是古圣先贤的智慧，诗人与画家的才情，是中国的山川名胜，是当代中国的巨大变化。古代思想家，写老子、孔子、庄子的诗篇最多；诗人当中，陶渊明、杜甫、白居易、苏轼、李清照，进入了许多俄罗斯诗人的视野，当然，最受推崇的则是天纵之才李白；画家和书法家当中，俄罗斯诗人写到了顾恺之、王维、郭熙、石涛，最受爱戴的则是齐白石，描写他的诗篇达9首之多；城市当中，首推北京和杭州，哈尔滨、成都、桂林也有人描述；长江、黄河、泰山、黄山、庐山，是俄罗斯诗人向往的旅游胜地。进入俄语诗篇的还有中国茶、中国酒、中国瓷器、中国丝绸、中国扇子、汉语方块字、生肖属相，甚至还有疗效神奇的中国银针。

以描写中国长城的诗篇为例，在普希金的诗中，长城只是遥远而朦胧的想象。到了古米廖夫的笔下，他在想象中走到了长城脚下，已经找了陪伴他的中国向导。别列列申是第一个登上山海关长城的俄罗斯侨民诗人，他看到的是旧中国20世纪40年代残破凋敝的古城墙。而到了21世纪，先后有3位俄罗斯诗人攀登长城——索宁、库什涅尔、阿麦林，在他们的心目中，雄伟壮观、屹立几千年的长城已经旧貌换新颜，成了中外人民友好的象征。

《俄语诗行里的中国形象》这本书稿选译了61位俄罗斯诗人的三百多首诗，作品的时间跨度超过了300年。为什么我不用《俄罗斯诗

① 参见[俄]瓦·阿列克谢耶夫著，阎国栋译，《1907年中国纪行》，云南人民出版社，2016，第224页。

人笔下的中国形象》,而选用现在的书名呢?因为用俄语写诗的不都是俄罗斯联邦的居民。乌克兰、白俄罗斯都有诗人能用俄语写作。再者,有的俄罗斯诗人已经移居国外,比如,布罗茨基成了俄裔美籍诗人;诗人比留科夫移居德国;汉学家车连义,诗人雅科夫·索洛维奇克、阿拉·利普尼茨卡娅移居以色列。他们都用俄语写诗,但作品仍然发布在俄罗斯诗歌网站上。这一点需要稍加说明。

9

我从事诗歌翻译,从20世纪70年代末算起,至今将近半个世纪,老系主任李霁野先生的教诲,我一直记在心里。他说:“文学翻译难,诗歌翻译更难,需要反复推敲,精琢细磨。你该记住两句话:一是对得起作者,二是对得起读者。”

长期翻译俄罗斯诗歌,我逐渐形成了自己的译诗理念:以诗译诗,以格律诗译格律诗;在忠实传达原作意象与内容的前提下,高度重视原作的形式、节奏和音乐性。为此,我采用以“顿”对应音步的方法,力求再现原作诗行的韵律感。在韵脚安排方面,力求接近原作的韵式,四行诗节,依照原作押交叉韵abab,难以达到的,退而求其次,偶行押韵;五行诗节,原作韵式为abaab或abbab;六行诗节,原作韵式为aabccb,也一律给予传达再现。这本诗集当中,像巴尔蒙特的十四行诗,译诗尽力再现原作的韵式与结构感;形式特殊的作品,比如切尔卡斯基的《陆游之歌》,仿照原作,一韵到底;布罗茨基的《蝴蝶》组诗,每首诗十二行,分为三节,全部采用环抱韵,韵式为abba cbbc effe,也都给予传达,力图再现原作的风采。至于能否达到理想的高度,得失成败,只能留待读者与行家的评说与指教了。为了便于读者阅读理解,除了对每位诗人的扼要介绍之外,还对有些作品做了附记、译后记。

这本书稿有机会出版,我要感谢很多人。感谢俄罗斯历代关注中国文化的汉学家,感谢那些关注中国文化并且留下了好诗的俄罗斯诗人,感谢健在的俄罗斯汉学家和诗人关注中国文化并继续创作有关中国的诗篇;特别要感谢谢尔盖·托罗普采夫(谢公)、伊戈尔·布尔东诺夫、阿尔焦姆·科博杰夫,他们3位通读了汉俄对照的本书书稿,指出了疏忽错讹,提出了宝贵的修改建议;感谢刘文飞教授的关切与帮助,感谢阎国栋教授撰写序言以及多年的情谊和帮助,感谢南开大学外国语学院的资助;感谢岳巍教授审校书稿;感谢田睿编辑和王霆编辑的细心审校,感谢南开大学出版社的鼎力支持。只有在国内外这么多朋友、同事的关切和支持下,这本书才有幸出版面世。当然,我也感谢未来的读者,并诚心诚意恳请读者和专家给予批评指点。

谷羽
2021年10月12日
于南开大学龙兴里

目录

安吉奥赫·康捷米尔

安吉奥赫·德米特里耶维奇·康捷米尔(1708—1744),俄国诗人,通晓文学和多种语言。先后出任驻伦敦大使、驻巴黎大使,擅长写讽刺诗。他的诗是最早写到中国茶叶的。

公鸡啼鸣

公鸡啼鸣，霞光照耀着山巅，
你的前辈带领军队野外训练，
可你躺在柔软的绸缎被窝里
身子暖暖和和，心里舒坦，
士兵奔跑流汗，你鼾声不断，
睡到自然醒，打哈欠，揉眼，
磨蹭一两个小时，你等待
中国茶或印度茶从远方运来。

【附记】

康捷米尔有一首讽刺诗，题为《堕落贵族的嫉妒与傲慢》，其中写到主人公菲拉列特和叶夫盖尼都爱饮用中国茶。他们称中国茶为丁香茶，开水沏茶，芳香可口，加糖，为上等饮料。原作篇幅较长，这里只选译跟中国茶相关的片段。标题是译者拟定的。

米哈伊尔·罗蒙诺索夫

米哈伊尔·瓦西里耶维奇·罗蒙诺索夫(1711—1765),俄国自然科学的奠基人、诗人;出生于渔民家庭,就读于彼得堡科学院附属大学,曾留学德国是俄国科学院第一位俄罗斯院士;1755年创办莫斯科大学,提倡平民子弟亦可入学。他的著作有《俄国简明编年史》《俄语语法》《论俄文诗律书》,探讨并改革俄罗斯文学语言与诗歌格律。

中国人的想法令人称奇

中国人的想法令人称奇，
泥土制造器皿代替玻璃，
他们将沉重的秃岭荒山
用技艺变成精美的瓷器。
这让其他民族漂洋过海，
不顾狂风巨浪为之痴迷。

【附记】

1752年12月，罗蒙诺索夫给伊丽莎白·彼得罗夫娜女皇的宠臣伊万·舒瓦洛夫(1727—1797)写了长篇诗体书信《谈玻璃的用途》，敦促舒瓦洛夫建议女皇重视科学研究。其中几行诗涉及中国人制造的精美瓷器。这里是摘译的长诗片段，标题是译者拟定的。

亚历山大·苏马罗科夫

亚历山大·彼得洛维奇·苏马罗科夫(1717—1777),俄国剧作家、诗人、翻译家;毕业于彼得堡贵族军校;著有悲剧《霍列夫》《辛纳夫与特鲁沃尔》《冒名为皇的季米特利》和喜剧《特列斯季尼乌斯》《监护人》《无谓的争吵》等。

译自悲剧《中国孤儿》

我觉得,人类的所有不幸,
全部都积压在我的心里。
公主,我家被奸臣满门抄斩;
只有我怀抱中这个婴儿,
这个孤儿留在世上唯一幸存,
将来他会想起,我是他母亲,
我的丈夫临死时叮嘱我:
只有你腹中胎儿能消除遗恨。
他说,你把他叫作赵家的根,
国家重臣的命脉变成了孤儿:
你要告诉他,等他长大成人
要为我和家族报仇雪恨。
天啊,怎样才能消除心中苦闷!

【附记】

苏马罗科夫依据德文译本转译了《中国孤儿》的台词片段。中文原作是我国元代杂剧作家纪君祥的《赵氏孤儿》,当代演出的京剧剧本也叫《搜孤救孤》。

亚历山大·拉季舍夫

亚历山大·尼古拉耶维奇·拉季舍夫(1749—1802),俄国思想家,诗人、作家、反抗专制政治和农奴制的斗士;著有《从彼得堡到莫斯科旅行记》。

孔夫子啊,旷世奇才

孔夫子啊,旷世奇才,
你的言论放射光芒,
历经可怕的风暴纷争,
朝代更迭,国家存亡,
永远闪烁智慧之光,
穿越历史的岁月长廊,
在人类思想的高空,
自由自在,展翅翱翔……

【附记】

这是拉季舍夫1802年创作的长诗《历史之歌》当中赞美孔子的诗行。

瓦西里·茹科夫斯基

瓦西里·安德列耶维奇·茹科夫斯基(1783—1852),俄国消极浪漫主义抒情诗人;自幼聪颖过人,多愁善感,擅长写叙事谣曲,梦幻色彩、感伤情调以及神秘主义倾向是其特有的风格。

远方来的贡品

奥斯曼从遥远的东方
进奉柔软丝绸与皮毛;
阿拉伯送来良种骏马
擅长在草原飞速奔跑;
中国带来瓷器和麝香,
蒙古呈送钻石与玛瑙;
也门奉献可口的咖啡;
长途跋涉,贡品如山,
骆驼带来了波斯地毯
各个国家,万里迢迢,
各个民族为我国纳贡
感谢沙皇赏赐我珍宝……

【附记】

茹科夫斯基是俄国宫廷御用文人,擅长写诗为沙皇歌功颂德。这里的长诗片段列举了各个国家的贡品,其中提到了中国的瓷器和麝香。写颂歌得到的回报是沙皇赏赐的珍宝,这一行读起来别有意味,带有一丝幽默色彩。

亚历山大·普希金

亚历山大·谢尔盖耶维奇·普希金(1799—1837),俄罗斯民族大诗人,出生于莫斯科没落贵族家庭,有黑人血统;因歌颂自由呼吁反抗而触怒沙皇,身遭流放。人们赞美他是“俄罗斯诗歌的太阳”。普希金有些诗篇流露出对中国文化的向往。

给娜塔丽娅

……娜塔丽娅，你不知道，
谁是你温柔的赛拉东，
你至今可能还不理解，
为什么他不抱希望，
且听我对你细说分明：

我并非宫廷中的君主，
不是土耳其人或黑奴；
谦恭礼貌的中国人，
粗鲁无礼的美国人，
也都不符合我的身份，
别以为我是德国佬，
头发上扣顶椭圆帽，
一杯杯啤酒往下灌，
自制的烟卷叼唇边；
别以为我是骠骑兵，
佩戴着一顶圆头盔，
身挎着长柄的腰刀，
我不爱隆隆的炮声，
不会为亚当的罪孽
让我的手拔剑出鞘。

“你个饶舌的追求者，
快说究竟是什么人？”

请你看那边围墙高耸，
五冬六夏都昏暗幽静，
请你看那紧闭的窗户，
窗帘后面有点燃的灯……
娜塔丽娅，告诉你吧，
我是一个——苦行僧！

1813年

走吧，朋友……

走吧，朋友，无论走到哪里，
我随时准备跟你们一道同行，
为了远远离开那傲慢的少女[①]，
哪怕千里迢迢去中国的长城！
去沸腾的巴黎，去那座城市，
夜晚船夫不再唱塔索[②]的诗句，
古城的繁华沉睡在灰烬之中，
片片柏树林散发出阵阵香气，
我愿走遍世界！走吧，朋友！
但请问：旅程可会消磨激情？
能不能忘记傲慢恼人的少女？
还是忍气吞声拜倒在她脚下，
像惯于进贡奉献出爱的情意？

1829年

---

①傲慢的少女，指冈察洛娃。
②塔索（1544—1595），意大利文艺复兴时期的诗人。

【附记】

1829年4月普希金向莫斯科美女娜塔莉娅·冈察洛娃求婚,女方家长未给予明确答复,让诗人心情郁闷沮丧,打算离开莫斯科。他当时仍受沙皇警察厅监视,写了出国申请书,但遭到拒绝,访问中国的希望成了泡影。

天气转暗,桌上的茶炊

天气转暗,桌上的茶炊
正闪闪发光,咝咝作响,
中国茶壶里保温的茶水,
袅袅的水汽在四周荡漾。
这时候奥尔嘉那只纤手
斟出的香茶朝茶杯涌流,
一杯杯的浓茶斟得满满,
童仆把奶酪送到了桌前。
窗户边站立着达吉雅娜,
她呼出的气碰到冷玻璃,
我亲爱的,你千头万绪,
纤细的手指在比比划划,
朝寒气蒙蒙的玻璃书写
两个迷人的字母O和E。

【附记】

这首十四行诗是普希金诗体小说《叶夫盖尼·奥涅金》第三章的第三十七节,描写奥尔嘉和达吉雅娜准备茶饮等待客人来访。诗行里出现了中国茶壶与茶杯,说明当时俄罗斯贵族以拥有一套中国茶具为荣。达吉雅娜在寒气迷蒙的窗玻璃上写的两个字母O和E,指的是她暗恋的叶夫盖尼·奥涅金。

康斯坦丁·巴尔蒙特

康斯坦丁·德米特里耶维奇·巴尔蒙特(1867—1942),俄罗斯象征派诗人,1886年入莫斯科大学法律系读书,因参加学潮被开除学籍。他是白银时代最负盛名的诗人,曾被推举为“诗歌之王”。他擅长抒发瞬间的内心感受,诗句华美,追求韵律的音乐性,被誉为“俄罗斯诗坛的帕格尼尼”,1921年流亡国外。他的主要诗集有《北方天空下》《寂静》《燃烧的大厦》《我们将像太阳》。巴尔蒙特喜爱中国文学与诗歌,推崇老子的哲学思想,曾翻译《道德经》十四章,还译过《诗经》中的作品,译过李白、杜甫和王昌龄的诗作。他还创作了跟中国文化有关的诗歌作品,其中最有名的当属《太虚》(又译《伟大的虚无》)和《中国天空》等。

开满鲜花的岛屿

——给伊·尼·托尔斯泰娅伯爵小姐

海洋里的一颗珍珠，
开满鲜花的岛屿睡意蒙眬，
它的仪态优雅华美，
正聆听海浪倾诉爱慕之情。

头顶是辽阔的天空，
四周是空旷、无边的海洋，
岛屿上绿色的森林
喧响，应和着涌动的波浪。

这里没有人的足迹
这里只有微风轻轻吹拂，
轻风犹如细微呼吸
爱抚着娇柔妩媚的花朵。

美丽的花默默无语——
仿佛辽阔空间的主宰者，
花朵鲜艳憧憬美丽，
它们的天职是展示美色。

看，在那山岭后面，
耸立着东方的庄严宫殿，——

宫殿的草坪如地毯，
草坪的花朵像金色的眼。

新的循环不期而至，
疲惫的夕阳发出了感叹，
岸边花朵再次开放，
天蓝、红艳艳、黄灿灿。

度过一生如同梦境，
一如往昔，蓬勃的黎明，
白头发的时间飞过
开花岛上空，悄然无声。

空中阳光向下俯视，
晚霞的余晖柔和又安恬，
花朵犹如香炉摇晃
发出缕缕香气四处弥漫。

海洋里的一盏香炉，
开花的岛屿平静地呼吸，
微风吹拂树枝之网，
轻轻地摇晃，摇晃不已。

1895年

【附记】

伊莉莎白·尼古拉耶夫娜·托尔斯泰娅伯爵小姐(1874—1940)，嫁给了音乐家拉赫玛尼诺夫。巴尔蒙特写这首赠诗的时候，托尔斯泰娅21岁，尚未结婚。这首诗中“东方的庄严宫殿”，隐含着诗人对中国皇宫的想象。

蓝　蛇

蓝蛇,鳞片闪金光的蓝蛇,
你让我兴奋,究竟为什么?
为什么你像大海拥有地球?
你还像环绕世界的以太
无尽无休地玩弄着烈火?

蓝蛇,为什么?为什么?
你有百万只燃烧的眼睛?
为什么你有说不完的故事?
这些连续燃烧,生存迷雾,
既诱惑我们又让我们窒息?

蓝蛇,我一点儿也不愿意,
不愿意你给我们划定边界。
你鳞片沙沙响,闪闪烁烁,
我们都毁了:或他,或我,
你用身体点燃了熊熊烈火。

蓝蛇,鳞片闪金光的蓝蛇,
巴比伦,我还没有忘却。
我还没忘记血污的金字塔,
在我的故乡,五月的大地,
那里的龙受到真诚的推崇。

我还没有忘记可爱的埃及，
没有忘记阳光普照的中国。
没忘记我在印度遭遇折磨，
没忘记佛陀的莲花逐渐生长，
为升入天堂，我变为蓝蛇。

蓝蛇，鳞片闪金光的蓝蛇，
我总惶恐不安，心怀忐忑。
世界之龙，为何你需要我？
是不是只要活在这个世界，
就会像海洋给我带来灾祸？

【附记】

《圣经》里的创世纪神话说，在伊甸园，蛇引诱夏娃偷尝禁果，夏娃和亚当被逐出乐园。中国古代神话记载，伏羲和女娲是兄妹，人首蛇身，兄妹成亲，繁衍人类。这个传说也跟蛇有关。中国远古人崇拜龙，龙是蛇的化身。俄罗斯诗人巴尔蒙特熟知中国古代神话，写过十四行诗《女娲补天》。《蓝蛇》这首诗，再次涉及中国，同时提到埃及、印度、美洲四角形金字塔，视野更为开阔。“血污的金字塔”（特奥卡利），指前哥伦布时期中美洲的一种宗教建筑，它是一种四角形金字塔，由石头堆积而成。

太　虚

1

我的心——是寂寥的众神圣殿，
其中有呼吸的幽灵，暗自生长。
中国无比奇妙的珍禽瑞兽，
令人愉快，超乎我的想象。
龙——是太阳和春天的主宰，
麒麟——标志着完美吉祥，
而凤凰——是皇后的象征，
汇聚着威严、辉煌与高尚。
中国历代艺术家的神奇创造，
引发我追溯传统的神奇幻想，
梦境中的霜雪永远不会融化，
艺术结晶放射出不朽的光芒。
中庸——中国人的基本法则。
像盼日出，他们描绘远景，
中国龙看似可怕，我却欣赏，
并非地狱魔鬼，它象征欢庆。
各种各样的色调无比神奇，
既和谐又有变化引人入胜，
神秘之中蕴含洞察的犀利，
青出于蓝，红分深红浅红！
对于人的形象出奇的冷淡，
却热衷于动物的各类品种，
对各种激情都有细致归纳，
用毛笔绘画显示聪慧灵性！
而他们的抒情诗热烈而空灵，

这一点让我最为迷恋推崇。
我喜欢透过轻松温柔的诗行，
领悟那浩缈无边的忧伤宁静。

2

夜深人静守着古老的文献，
心中闪现往常的使命感，
我在经卷中搜寻，恰巧——
读到了庄生[1]的深奥语言。
恍惚有人说话，我不认识他，
词句平稳忧伤，又引人遐想：
“伟大的虚无，难以觉察，
你我生存其间，转瞬即逝，
夜消失，树林在霞光中呼吸，
两只相互依偎睡眠的鸟儿，
黎明时，忘记了曾经的情意，
各自飞走去追寻新的欢愉。
黑暗孕育生命，寒冷过后是四月，
周而复始随即又将面对严寒。
我把悠扬的笛子一举摔碎。
幻想已破灭，我走向西天。
伟大的虚无——难以觉察，
大地和天空像沉寂的庙宇，
我安眠，依然故我，渺小无名，
我的心——是神香轻盈的气息。”

1902年

---

① 指庄子（前369—前286），中国战国时期哲学家，道家学说创始人之一。

中国天空

洪水漫大地。有八根柱子
牢牢支撑着蔚蓝的天空，
这深邃的天空分为九层，
高悬太阳、月亮和五颗星。

第七层的天体主宰着我们。
第八层天的名字叫作八维[1]，
在九重天空下不停地旋转，
维系天幕的还有条条锁链。

世界之极。倾斜的光焰。
天后女娲[2]生就蛇形的身体，
跟暴乱的共工[3]勇敢地作战。

共工跌倒撞断了撑天铜柱。
女娲炼出五色石[4]用来补天，
那些补丁夜晚还能看得见。

---

① 八维，又称八方，即东、南、西、北、东南、西南、东北、西北。中国古代神话传说认为，大地周围有八根绳子系在天上，因此后人用八维来表示方向，引申为整个宇宙。

② 女娲，中国古代神话人物形象，蛇身人首，华夏之初三皇之一，被称为中国的创世神。

③ 共工，中国古代神话人物形象，人面蛇身、朱发人足的水神。

④ 五色石，神话传说中女娲为补天空裂洞所炼的五色石头。

【附记】

1892年俄罗斯汉学家格奥尔吉耶夫斯基(1851—1893)的著作《中国人的神话观和神话》出版,成为巴尔蒙特了解中国神话的重要依据。

中国遐想

魏高皇后[1]有权柄在握,
她的眼睛比扁桃花柔和。
她迷人的魅力堪称神奇,
鱼兽花鸟都难以匹敌。

她睡眠。曾是妙龄少女,
远方有两颗高照的星,
轻盈的精灵合二为一,
星光照亮了芳香的寝宫。

从两边轻轻走向卧榻,
摇动着香炉散发香气,
花朵掩酥胸芳香四溢。

芬芳引来了绵绵细雨,
她的皇太子平安降生,
因此她成了中国福星。

---

① 魏高皇后,曹魏王朝高皇帝曹腾的夫人。魏明帝曹叡即位后,追尊其高祖曹腾为高皇帝,其夫人吴氏为高皇后,直到西晋代魏,这个称号都一直保存着。

月光水

一手握着贝壳方诸[1]，
另一只手里拿着铜镜，
午夜时分走到野外，
面朝江河界桩般站定。

月光如蛇照亮腰刀。
镜子里面出现了重影，
施展法术祈求月亮：
“就这样坚持到天明。”

但这一切都无必要。
月光的吻如水流淌。
花草上的露珠闪亮。

花朵如香炉变得迷蒙。
这露水叫作上池水[2]，
意味着“上天的恩宠”。

---

① 方诸，古代摆放在月下承接露水的贝壳或器皿。

② 上池水，又称半天河，指从天降落的雨水，积在竹篱头和树穴中。传说扁鹊饮了长桑君的上池水之后便能透视人的五脏六腑。

织　锦

年轻中国女子俯下身躯，
精心织着带花纹的锦缎，
锦缎上的天和地在交谈，
空中出现了雷鸣与闪电。

七彩的云朵变幻、消融，
灿烂霞光犹如篝火点燃。
山脉起伏，山峰高又尖，
中国房子前有美丽花园。

什么地方比中国更美丽？
那里的争吵都异常生动，
瞬间的幻想闪现出光明。

久坐细品茶，茶水清香，
当中国女人站在我面前，
四周世界顷刻变成天堂。

帷　幕

美丽的中国帷幕颜色鲜红，
在我的眼睛里似乎在旋转，
红色的鸟盘旋，精灵侍奉，
火一般的晚霞照耀着山峦。

血之魔在这里找到了颜色。
火山酝酿着把岩浆喷薄，
喷发未果，把内在的激情
传达给如此构思的作者。

晶莹碧蓝的翡翠之树木，
密实的花穗开满蓝色花朵。
舒展的云絮在空中飘泊。

温柔的少女心中有美梦，
为此准备了六十面明镜，
红帷幕是她的婚礼披风。

瓦列里·勃留索夫

瓦列里·雅可夫列维奇·勃留索夫(1873—1924),俄罗斯象征派诗人,诗歌翻译家。勃留索夫大学求学期间,受法国象征派影响,主编诗集《俄国象征主义者》,成为象征派公认的领袖。他的诗风较为明朗,从容大度,闪耀着学识与智性之光。高尔基称赞他是“最有文化素养的作家”。主要诗集有《杰作》《这是我》《第三班警卫》《花环》等。

中国诗

1

你的智慧深似海！
你的精神高如山！

2

愿这素雅的茶壶，
温柔时刻映照出
美丽女子的面庞
和双颊红润之光。

3

你于我比黄金珍贵，
胜过帝王恩宠的视线，
愿你沐浴我的爱情，
像舵手终于停泊靠岸。

4

一切日子都彼此相似，
如万千蚂蚁颜色灰暗。
记住：勤劳、尊敬老人和神明。
牢牢把握：工作、谦卑与信念。

5

蠢人喊叫:“捣毁
记忆功勋的树干!”
智者说:“我谦逊,
友人将把我称赞!”

1914年

罗马人在中国

所有的街道挤满了人,
奔跑着商人和士兵……
只有宫殿大门前面
如潮的人群才会安静。
人们欢迎海外使者
抵达中央帝国的京城。
使者来自遥远的国度,
带着随从缓慢移动。
沿着台阶直到楼顶
闪耀多种颜色的灯笼;
城楼上站着一些官员,
摇头晃脑显得高兴;
城墙上奇妙地盘绕
一条龙接着一条龙;
银子欢笑在四面八方,
那是悠扬嘹亮的钟声;

看，黄金、珍珠、钻石；
看，凶神恶煞似的面具；
还有古代的瓷瓶陈列，
胜过伊特鲁里亚[①]瓷瓶。
使者们庄重而又威严，
渐渐走近了紫禁城；
他们长长的白色托加[②]
被各种颜色衬托得鲜明……

1916年

【附记】

勃留索夫通晓十几门外语，高度重视原作的形式与音乐性。比如他翻译日本俳句，采用575音节；译日本短歌，采用57577音节，从无例外。仿中国诗，他尽力再现中国诗的对仗特点，这种诗体移植的做法，令人赞赏。

① 伊特鲁里亚，意大利境内的王国，以盛产瓷器闻名，1801—1807年曾依附于法国。

② 托加，古代罗马人的男外衣，一块长长的白布搭过左肩缠绕在身上。

亚历山大·勃洛克

亚历山大·亚历山大罗维奇·勃洛克(1880—1921),俄罗斯象征派诗人,大学期间出版了处女作《丽人集》,崭露头角,享誉文坛。他善于以象征和暗示的艺术手法抒发情怀,展示理想,追求真、善、美。其抒情诗语言明快,音韵和谐,意境清新,具有独特的艺术魅力。俄罗斯诗歌界公认他是“承前启后的大诗人”,阿赫玛托娃称赞他是“时代的男高音”。他的重要诗集还有《白雪假面》《夜晚时辰》,长诗《夜莺园》、《十二个》等。

清茶滋润心灵！……

街道上雨水淋漓泥泞，
你不明白痛苦的根源。
百无聊赖，真想哭泣，
浑身有力却无处施展。

毫无来由的压抑苦闷
给思绪蒙上了一层灰，
来吧，我们动手劈柴，
然后一起来点燃茶炊！

或许我们俩一起喝茶，
我这絮絮叨叨的抱怨，
能带给你温暖与快乐，
让你睁开瞌睡的双眼。

为了遵循古老的规矩，
为了生活得自在从容！
或许苦闷能烟消云散，
清茶滋润我们的心灵！

1915年

尼古拉·古米廖夫

尼古拉·斯杰潘诺维奇·古米廖夫(1886—1921),俄罗斯阿克梅诗派领袖,诗人,诗歌翻译家,出生于军医家庭。他从皇村中学毕业后,曾就读于彼得堡大学历史哲学系,后留学法国,在欧洲漫游。他的早期作品受巴尔蒙特影响,情调忧伤,具有浓厚的浪漫色彩。随后形成自己的风格,豁达明快,语言优美,结构严谨。主要作品有诗集《征服者之路》《浪漫之花》《异国的天空》《篝火》和《火柱》等。诗人命运悲惨,1921年被指控参与“反革命阴谋集团”而遭到镇压。1986年,诗人诞辰一百周年之际,才得以平反昭雪,恢复名誉。

古米廖夫曾游历欧洲,三次远赴非洲探险,推崇尼采的“超人学说”,同时向往中国古代文化,渴望到中国旅行。他创作了一系列与中国有关的诗歌作品,还出版了《中国诗集——琉璃亭》(1918),诗集中前11首诗是依据法国诗人朱迪特·戈蒂耶《白玉诗书》转译的。由于朱迪特的翻译比较随意,形同改写,导致古米廖夫的诗歌翻译与汉语原作存在较大出入。

黎　明

蛇睁开眼注视,火的链条
逐渐伸展,惨白,缓慢,
看,明亮的石头在燃烧,
威严的蛇王胸口释放火焰。

看它多么辉煌,多么森严!
但严谨的孔雀不加分辨,
它尾巴的羽毛金光灿烂,
千变万化色彩缤纷的斑点。

宫门外许多大臣默默等待,
只有天使的翅膀抖颤,
无数羽毛从天堂坠落,
穿过云层,轻飘飘地旋转。

白莹莹的羽毛不停地散落,
如雪花飞扬,遮盖农田!
神蛇的翡翠之光熄灭了,
孔雀的羽扇也终止了奇幻。

我们在凄清早晨为何受骗?
孔雀和蛇——都是神仙。
它们在迷雾中融化消失,
再看见它们,已经无缘。

我们像小孩一样浑身颤抖，
岁月流逝让我们胆寒，
黎明时我们虔诚祈祷，
走进大理石温和洞穴里面。

1903年至1907年

【附记】

蛇与孔雀，隐喻龙与凤凰。

假面舞会

快乐的面具今天聚集
在荒凉走廊和空旷礼堂，
在鲜花交织的客厅里，
跳舞者发狂像飓风一样。

中国龙在月光下徘徊，
中国花瓶在舞者中闪现，
火炬燃烧，深奥的名字，
一再拨动琵琶的琴弦。

马祖卡舞曲的节奏急促，
我陪伴所多玛的妓女跳舞，
我时而忧愁，时而欢笑，
我感觉在这里荒诞又熟悉。

我祈求女友:“摘下这面具,
难道你不认识你的兄弟?
你让我想起一个古老童话,
从前我曾经听说过一次。
人们都觉得你永远陌生,
只有我跟你无限熟悉,
请相信,面具使我隐藏,
所多玛女王,我认识你。”

我听到面具里年轻的笑声,
但她的目光不跟我对视,
中国龙在月光下徘徊游走,
中国花瓶在舞会上游弋。
突然在窗边因空旷而害怕,
夜色幽暗她的脸黑漆漆,
她像蛇一样从我身边离开,
盯着我的眼,摘下面具。
想起了,想起了那只歌曲,
野性的颤抖,还很甜蜜,
悄悄的温柔耳语:“复活吧,
为生命,为痛苦和运气!”
那一刻我领悟了很多奥秘,
但不能违背自己的毒誓。
女王啊女王,我被你俘虏,
这身体这颗心,请你拿去!

1907年

【附记】

所多玛,圣经神话中的约旦城市,其居民因荒淫无度,被天火烧死。

去中国旅行

——致谢尔盖·苏杰伊金[①]

我们的头顶空气清新响亮，
犍牛把粮食拉进了粮仓，
送来的羔羊落入厨师之手，
美酒琼浆在铜罐里贮藏。

我们渴望什么样的生活？
为什么忧愁咬噬我们的心？
美丽的姑娘已尽情款待，
再不能把什么奉献给我们。

撇下了朝思暮想的天堂，
千辛万苦，历尽凶险风波，
航海的同伴们全都相信，
我们能够驶向遥远的中国。

千万别空想！以为幸福
就是那只爱叫唤的白鹦鹉，
以为茶园里黝黑的孩子
热烈欢迎就会让我们满足。

---

① 谢尔盖·苏杰伊金(1882—1946)，俄罗斯画家，后侨居美国纽约。

我们眺望远方绯红的浪花，
铜狮子让我们感到恐惧。
在棕榈树下过夜有何梦想？
这椰子汁何以带来醉意？

在轮船上面度过的几周，
将会变成难以忘怀的节日……
拉伯雷[①]永远面色红彤彤，
长醉不醒可是我们的先师？

用披风遮掩智慧的前额，
笨重如托考伊[②]甜葡萄酒桶，
中国姑娘将视你为怪物，
你腰间还系着绿色常春藤。

你来当船长吧！请啊！请！
给你一根木棍权作船桨……
抵达中国我们才抛锚停船，
哪怕行驶途中遭遇死亡！

1910年

---

① 弗朗索瓦·拉伯雷（1494—1553），文艺复兴时期法国作家，代表作是《巨人传》。

② 托考伊，匈牙利东北部的火山区，该地多葡萄园，盛产葡萄酒。

我相信，我心想……

——给谢尔盖·马可夫斯基[1]

我相信，我心想，造物主塑造我，
把我托付给命运，光冲我闪烁；
我被出售！我不再是神！卖主走了，
买主看着我，目光中充满轻蔑。

消失的昨日，像一座无形的山，
即将到来的明天，犹如无底深渊，
我行走……仿佛从山顶坠落谷底。
我知道，我知道，我的道路凶险。
如果依照自己的意志征服人类，
如果每当夜晚都有幸飞来灵感，
如果我是诗人，司祭，我有秘笈，
能主宰世界——结局将更加凄惨。
因此我做梦，梦见心不疼痛，
我的心是黄颜色的中国小瓷铃，
悬挂五彩宝塔……丁零作响，
招引白鹤，群鹤正在碧空飞行。
文静的少女身穿红丝绸衣衫，
用金线刺绣花朵、蜜蜂和游龙，
她有一双秀足，却无思无梦，
细心聆听那轻轻作响的瓷铃声。

1911年

① 谢尔盖·马可夫斯基(1877—1962)，诗人、评论家、出版商。后移居国外。

回 归

——给安娜·阿赫玛托娃

趁人们熟睡,我出了家门,
同路人在沟边树丛里躲藏,
大概,早晨人们会寻找我,
晚了,我们已走在原野上。

同伴是黄皮肤瘦子,斜眼,
哦,我喜欢他几乎要发疯!
他用花呢子斗篷掩藏辫子,
一双纤细的眼睛流露愁情。

他诉说往事、奇闻和逸事,
诉说一生没完没了的磨难;
我听见寺庙钟声持续传来,
让我忘却往昔,让我困倦。

我们跋山涉水,穿过森林,
我们在异乡的篷车中睡眠,
有时候觉得——跋涉经年,
细想想,其实时间很短暂。

当我们走到中国万里长城,
我的伙伴对我说:“再见吧。
道路不同:你的路很神圣,
而我呢,我该去插秧、种茶。”

洁净的山丘，上面有茶园，
古老的佛塔旁静坐着佛陀。
心中暗喜，对他俯首膜拜，
这种欣喜从来不曾体验过。

宁静的峡谷，是如此安详，
同路人眯细着眼睛唱啊唱，
他歌唱往事、奇闻和逸事，
歌唱永恒，四周天清气爽。

1912年

中国姑娘

一座蓝色凉亭
位于河流中
仿佛冥蛾飞舞
被困在牢笼。

我从这座凉亭
举目望霞光，
偶尔我会看见
树枝在摇晃。

树枝摇摇摆摆，
如同船滑行，

河水缓缓流淌
环绕着凉亭。

我像困居囚室，
玫瑰插瓷瓶，
一只金属小鸟
炫耀金尾翎。

我在绢上书信
不会受诱惑，
书写爱与忧伤，
写温婉短歌。

思念之情更切，
秃顶人疲惫，
此前他在广州，
考试皆顺遂。

1916年

冈恰罗娃和拉里昂诺夫[①]

温柔的东方，光彩的东方
在冈恰罗娃身上展现，

---

① 娜塔利亚·冈恰罗娃(1881—1962)，米哈伊尔·拉里昂诺夫(1881—1964)，俄罗斯先锋派画家，后移居法国。夫妇二人迷恋东方绘画，古米廖夫受他们影响，创作了几首涉及中国题材的抒情诗。

当代的生活壮丽辉煌，
拉里昂诺夫仪表肃穆威严。

在冈恰罗娃身上展现
美如孔雀的梦幻之歌，
拉里昂诺夫仪表肃穆威严，
他的四周跃动着钢铁之火。

美如孔雀的梦幻之歌
从印度回响至拜占庭，
四周跃动着钢铁之火——
是征服自然力的吼声。

从印度回响至拜占庭，
只有俄罗斯在梦中昏睡！
那征服自然力的吼声——
可是自然力的重生复归？

谁在做基督与佛陀之梦，
他会踏上神奇的小道。
那阳光照耀的山峦群峰——
哦，像矿工哈哈大笑！

踏上神奇小道的人们，
将穿上波斯精巧的衣裳。
哦，矿工们哈哈大笑，
传遍田野矿井，到处传扬。

穿上波斯精巧的衣裳，

当代的生活壮丽辉煌。
传遍田野矿井、到处传扬，
东方的温柔，东方的闪光。

庞杜姆体，1917年，巴黎

【附记】

这首诗采用了庞杜姆诗体，又称班顿体，源自马来西亚，后流传至欧洲，引起法国诗人雨果(1802—1885)的重视，于是传播开来。其形式特点为往复回环，头一诗节的二、四行，在第二诗节重复出现，第二节的二、四行，在第三诗节重复出现，以此类推。

中国画

有一天我做了个梦，
我的心不再疼痛。
在黄皮肤的中国——
心化为玲珑的瓷铃。

悬在七彩的高塔上，
丁零零响个不停，
在珐琅般的云霄，
把飞行的雁群戏弄。

而那位温柔的姑娘，
身穿的绸衣鲜红，
上面金丝线绣出

蜜蜂、花朵还有龙，

缠过的秀足小巧，
她似乎正在倾听，
面无表情陷入沉思，
眺望远方默默无声。

两个梦(长诗)

1

整个庭院里铺着细沙，
花坛盛开着罕见的花，
花丛后面是高大楼房，
房顶上一排排琉璃瓦。

高高的芦苇犹如围墙，
那边劳作着能工巧匠，
流淌的黄河波浪喧响，
船夫们唱歌声音响亮。

莱泽行走在沙土地上，
容光焕发，心驰神往，
习习微风吹拂着面颊，
随风飘浮奇妙的芳香。

仿佛她初次来到这里，
像第一次把世界打量。

尽管她住在这个地方，
已经整整有十年时光。

这个安静乖巧的女孩，
脚步轻轻仿佛在庙堂，
她身穿着红丝绸衣裳，
举止安详，不声不响。

一阵轰隆声突然传来，
脚下的土地微微震颤。
那是条古老的青铜龙，
在石雕大门咆哮抱怨：

“我在此守护五个世纪，
也许要再加上一千年，
经历了无数动荡风波，
这一切我都牢记心间。

记得中国的女人孩子，
站在这门口的台阶上，
记得当年莱泽的奶奶，
还是个年幼的小姑娘。

女孩子做过可怕的梦，
另一个爱慕一位诗人，
作为他们家的守护龙，
难道让我来担负责任？”

巨龙的长长胡须伸展，

刺破舒卷飘浮的云朵。
两只小蜻蜓悄悄飞来，
落在龙须上歇息片刻。

听到呼唤龙静默无语，
虔诚的莱泽诉说心愿：
“但愿桃花瓣酿成果酱，
能让我品尝不再眼馋！

但愿那堆粉红色石头，
有孔洞的一块能归我，
让滕伟前来陪我玩耍，
一直玩到傍晚太阳落！”

有陌生人在场，巨龙
不想言语，保持沉默，
这时走过来一个男孩，
脑袋很大，有些特别。

他俩玩耍，那座官邸
坐落在一条峡谷之间，
他俩的父亲是好朋友，
都是满族，都是高官。

青铜巨龙已被人忘记，
莱泽跟随在滕伟身后，
跑到湖边，湖水闪亮，
孔雀沿着林荫道行走。

那里有一座琉璃凉亭，
凉亭四周有鲜花开放，
桌子上摆放着馅儿饼，
几条狗喂得又肥又胖。

“快来，快，”滕伟喊叫，
“花园后面有座地牢，
里面关押着一个恶棍，
雷霆霸主是他的绰号。

他一心想要侵犯中国，
不料成了被俘的囚犯，
我应该跟这个人谈谈，
了解他的征战与冒险。”

他们像面对古老深潭，
两颗钻石有亮光闪闪，
幽暗的火焰隐隐燃烧，
鲜红血丝布满了双眼。

红褐色的大胡子蓬松，
一缕缕头发弯弯曲曲，
这就是那个驰名强盗，
坐在齐腰深的水牢里。

他吼叫：“凄惨痛苦！
休想把我插在木桩上，
我要吃掉这小女孩儿，
让她亲爹去痛哭悲伤！”

滕伟站在女孩儿前面，
高举起他的玩具宝剑：
“既然这样，你来找我，
让我跟你来决一死战！

你敢朝我迎面扑过来，
看我不把你劈成两半！”
他想悄悄打开那扇门，
他想卸掉里面的门闩。

那恶棍的脸令人厌恶，
忽然浮现窃喜的笑容，
惊呆的莱泽默不作声，
刹那间悲剧将要发生。

慌乱的滕伟不知所措，
一双手抓住他的双耳……
这是谁？难道是妈妈？
她的手不会如此有力。

绿色的草地两条阴影，
长长的须子颤动不停，
原来那是救急的飞龙，
前来保护那两个孩童。

此时此刻那两位官员
依然端坐在桌子旁边，
中间的老人是位使者，

来自东京,路途遥远。

一百七十道丰盛菜肴,
逐一品尝用过了午餐,
两位官员的举止优雅,
用餐后还要继续交谈。

仆人送过来两个孩子,
莱泽鞠个躬悄悄退下。
这时候滕伟心平气和,
开始吟诵古代的诗歌。

客人们伸手敲击桌面,
打着节拍,轻轻作响,
他们的指甲光亮如镜,
那指甲足有半尺来长。

滕伟朗读的诗

月亮已经离开了悬崖,
澄澈的大海闪烁金光,
朋友们在一条小船上,
共饮热酒,不慌不忙。

仰望云团轻轻地移动,
从月亮的倒影上飘过,
一个朋友幻想着说道,
这是玉帝妃子的华车。

另有人相信天堂松林,

神仙的身影渐渐隐退；
还有人争辩坚持认为，
那是天鹅飞行的商队。

滕伟结束朗诵，使者
张开嘴巴刚想要提问：
这时他辫子上的花朵
忽然落在了桌子中间。

使者的脸上一片茫然，
坐在那里他扭过头去，
原来是莱泽面带微笑，
跟他玩耍，像在游戏。

“我要挑选最美的花朵，
轻轻插在您的发辫上。
我虽然不会朗诵诗歌，
但愿能让您心情舒畅。”

父亲沉默，羞愧生气，
怪罪黑发女儿太顽皮，
不料使者却笑容满面，
他的谈吐文雅而睿智：

“这世界充满痛苦灾祸，
我们这战争与革命岁月，
只有孩童的嬉戏最可爱，
唯有孔夫子教诲最深刻。”

2

没有太阳，也不下雨，
四周宁静，无声无息，
只听见附近的松林里，
刺猬妈妈在教训孩子。

莱泽在沙土地上玩耍
似乎她缺少点儿什么，
她扭过头去张望门口，
像有心事，情绪忐忑。

“青龙老爷，请告诉我，
您跟鳄鱼是不是认识？
昨天夜里我梦见了它，
它想侵占别人的土地。”

青龙说道：“你很顽皮，
可竟然做了一个傻梦。
你应该梦见鲜花开放，
那是妙龄少女的憧憬……”

莱泽皱起宽阔的眉头，
走回家去，站在大厅，
她给一只龙睛鱼喂食，
水晶养鱼缸澄澈透明。

他的父亲坐在书案边，
小拇指戴着印章戒指，
他担任几个省的巡抚，

有许多要事需要处理。

“父亲大人,请告诉我,
有没有道路通往印度?
什么人住在那个国家?
是神仙,还是百姓奴仆?”

父亲抬起细细的眼睛,
看了看女儿深感疑惑,
强忍着性子没有发火,
用开导的口吻这样说:

“那里有神有智慧长者,
他们凝视千百年幽暗,
那里也有幸运的父亲,
他们的子女不来捣乱。”

可怜的莱泽叹了口气,
她走了,她自艾自怨,
台阶上传来哈哈大笑,
鼓掌的滕伟忽然出现。

锻造的盾牌背在肩后,
相当坚固,亮光闪闪,
为了跟外国武士作战,
腰带里插着两把利剑。

他喊:“莱泽,祝贺我吧!
从今往后我不再学习,

我要去觐见可汗皇帝，
飞身上马，奔驰万里。”

莱泽不怕，树林旁边，
栽种的稻田四四方方，
看那些房屋芦苇作顶，
上面的白鹤沉睡梦乡。

只见那个人眉毛乌黑，
站在门口，倚着门扇；
他的目光专注又严肃，
注视森林的无边昏暗。

当他凝视，野兽无声，
不敢向行人突然袭击。
莱泽怀有深深的信念，
相信他拥有神秘威力。

听！嗓音轻巧而温柔，
那女孩儿在树丛歌唱；
莱泽看见陌生的少女，
头发插树枝跟她一样。

同样身材，同样肩膀，
每一处都跟莱泽相像，
嘴唇稍厚，但更鲜艳，
暗红的脸色十分漂亮。

她在树木中忽隐忽现，

莱泽跟随她一起奔跑，
她们的身影忽现忽隐，
渐渐融入大自然怀抱。

1918年

【译后记】

在这首长诗当中,诗人描写了中国女孩儿莱泽和男孩儿滕伟青梅竹马式的朦胧爱情。他们俩都出身于清朝满族高官家庭,女孩儿聪明美丽,男孩儿机智勇敢。当两个孩子面临危险的紧急时刻,前来救助他们的是家族的保护神青铜巨龙。诗中滕伟朗读的那首诗,原作是唐朝诗人李华的《海上生明月》:“皎皎秋中月,团团海上生。影开金镜满,轮抱玉壶清。渐出三山岳,将凌一汉横。素娥尝药去,乌鹊绕枝惊。照水光偏白,浮云色最明。此时尧砌下,蓂荚自将荣。”古米廖夫依据法国诗人朱迪特·戈蒂耶的法语译本转译成俄语,与原作有出入,但大体保留了原作的主要意象。

中国诗集——琉璃亭

1　琉璃亭

在人工湖的正中央
耸立着一座琉璃亭。
一座桥像老虎脊背，
玉石桥与湖中亭相通。

亭子里坐着几个朋友，
身穿色彩淡雅的服装，
举起有龙形花纹的酒杯，
同饮已经热过的酒浆。

时而心情愉快地交谈，
时而抄写刚刚吟诵的诗，
高高卷起长长的衣袖，
时时扶一扶黄色的帽子。

澄澈的湖水清晰映现
拱桥的倒影,如同弯月，
举着酒杯的几个朋友，
俯视水中那优美的景色。

2　海上明月

月亮已经离开了悬崖，
澄澈的大海闪烁金光，
朋友们在一条小船上，
共饮热酒，不慌不忙。

仰望云团轻轻地移动，
从月亮的倒影上飘过，
一个朋友幻想着说道，
这是玉帝妃子的华车。

另有人相信天堂松林，
神仙的身影渐渐隐退；
还有人争辩坚持认为，
那是天鹅飞行的商队。

3　山岭的倒影

心儿欢乐，心儿飞翔。
我轻快的小船漂荡，
我随意在湖面上漂流，
从日出到目睹夕阳。

我喜欢清澈的湖面
有倒映出的山岭山丘。
之前有过万千忧烦，
心跳动如被追的野兽。

一度渴望云游远方，
也曾向往……可如今
湖面上山岭的倒影，
让我喜爱，让我动心。

4　大自然

小小的湖泊平平静静，
和盛满了水的碗相像。
竹林恰似低矮的茅舍，
树木就像屋顶的海洋。

山峰高耸犹如塔楼，
山坡上有鲜花开放。
大自然将延续永久，
想到这些我心安详。

5　道路

我看见面前的道路
在橡树荫里伸展，
这小路途经花的篱笆，
篱笆上的花朵鲜艳。

我看见黄昏时刻
烟雾迷茫困扰我心，
路上的每一块石头
似乎都值得亲近。

为什么我走这条路？
它不通向那个地方，
在那里我不敢喘息，
那里有可爱的姑娘。

出生后她的双足
就戴上了铁的镣铐，
因此她最怕看见
树荫里漫长的大道。

打从出生忍受拘束，
清规戒律冷似铁，
我所喜爱的姑娘啊，
永远不会属于我。

6　满大人的妻妾

原配妻子：
深深的酒杯里还有酒，
碟子里摆放着燕窝，
自古来老爷敬重原配，
祖宗的规矩不能破。

小妾：
深深的酒杯里还有酒，
碟子里有肥大的烧鹅，
既然老爷没有子女，
娶个小妾也不为过。

侍女：
深深的酒杯里还有酒，
碟子里有各种甜点，
虽然老爷有妻有妾，
他觉得最好每晚都新鲜。

满夫人：
深深的酒杯再没有酒，
碟子里只剩下红辣椒。
住嘴，唠叨的蠢女人，
别把可怜的老头嘲笑。

【附记】

满大人(Мандарин)，意思是清朝官员。诗人以调侃的口吻嘲讽了清朝官吏的家庭生活。

7　幸福

我的船是红木船，
我的长笛是玉笛。

水洗去绸衣的污迹，
酒驱除心中的悲戚。

倘若你拥有轻舟，
美酒和俊俏美女，

你就是天上神仙，

还要什么呀,你?!

8　和谐一致

月亮升到了夜空,
皎洁,可爱,宁静。

晚风在湖面上游荡。
亲吻涟漪温柔的湖水。

哦,自古以来的造物
彼此和谐是多么神奇!

可是人,人们相互关联,
但和睦相处该多么艰难!

9　流浪汉

流浪汉,离开家乡很远,
没有朋友,也没有金钱,
你难以听到甜美的音乐,
你难以听见母亲的语言。

然而自然界充满了光明,
你也并不是完全不幸,
鸟儿们在树上筑巢歌唱,
这歌声你怎能不爱听?

只要听见秋天的笛音,

听见响亮持久的蝉鸣，
只要看见空中的云朵，
铺展开来形状像条龙，

你立刻会愁云满面，
心里充满了无限悲痛，
你的心思飞回家乡，
举手遮挡流泪的眼睛。

10　诗人

我听见花园里有女人歌唱，
可我不想听，只想看月亮。

我没工夫去想唱歌的女人，
只有云中的月亮让我动心。

美丽女神不拒绝我的景仰，
我能感受到回馈的目光。

无论树枝，还是蝙蝠飞行，
都难以遮蔽我凝视的眼睛。

诗人们兴致勃勃仰望月亮，
他们早已经把女人遗忘，

月亮俯视光芒闪烁的龙鳞，
那是为诗海带来荣耀的诗人。

11　房子

我儿时在其中玩耍的房子，
已经被无情的大火吞噬。

我坐上一条镀金的船，
为的是忘却自己的悲戚。

我冲天上高高的月亮，
吹起了装饰华美的长笛。

不料月亮为我忧伤，
它被轻柔的云彩遮蔽。

那时候我转身朝山坡走，
但想不起该唱什么歌曲。
似乎所有童年的欢乐，
都烧毁了埋在房子的废墟。

于是我俯身看着湖水，
死亡的念头闪在头脑里。

但船上的女子身躯摇晃，
俨然是月亮的又一个影子。

倘若这个女子愿意，
假如天上的月亮允许，——
我为自己盖所新房子，
就修建在这女人的心里。

12　安南[1]人

辽远神奇的夜空
高悬一轮明月，
清风吹过竹林，
携带清香的气息，
一家人相处和谐。

老人在竹林喝茶，
反复吟诵诗篇，
声音从家里传来，
孩子们在读书，
还有婴儿的啼哭。

谁能够这样生活，
必定心地善良。
金钱荣耀有何用？
他相信孩子们
会超越他的寿命。

13　姑娘们

姑娘们喜爱法郎[2]，
法朗上画着鸟儿，

---

① 安南，今越南。
② 当时安南是法国的殖民地，因而使用法郎。

她们离开了父母，
愿意嫁给法国人。

14　儿歌

这癞蛤蟆是不是吃了菜叶，
怎么它的嘴巴那么漂亮？
但愿有个人能赶快到来，
她愿嫁我爹当好心的后娘！
我的爹做米饭也不打她，
迎接她进门来喜气洋洋，
可是我娘会抠出她的眼珠，
把她肚子里的内脏都掏光。

15　寮人①

姑娘，你的面庞温柔，
你的乳房像小小的山丘。

你爱我吧，从今往后
我们永不离分，长相厮守。

你坐上轻快的独木舟，
我为你开路，伴你出游。

你坐上大象各处游走
我是忠实随从保护左右。

① 寮人，即现在的老挝人。

如果你变成了月亮，
我是云彩陪伴你在身旁。

如果你变成高高的藤蔓，
我变成鸟，变成猴子去攀援。

如果你登上高山之巅，
面临危险会跌进万丈深渊，

纵然我脚戴铁镣难移动，
想方设法我要攀登上高峰。

谁知我的本领全都没有用，
命中注定我要忍受悲痛。

你不爱我，我只好死亡，
就像小牛犊没有嫩草一样。

可惜不能亲吻你的面颊，
你双腮红润如美丽的彩霞！

16　空幻

美丽的姑娘,你们在哪里?
你们不给我回答,
你们把我一个人留下,
是不是想让我微弱的呼唤
激发起响亮的回声?

是不是你们被老虎吃了,
还是被情人留住不放?
姑娘们,回答吧,
我爱你们,来到森林
想跟你们幽会。

自从我在清灵灵的湖畔
偷窥你们的裸体,
就奔跑过来,不承想
你们都是月亮的女儿,
可我是乌鸦的丑儿子。

伊戈尔·谢维里亚宁

谢维里亚宁(1887—1941),原名伊戈尔·瓦西里耶维奇·洛塔列夫,俄罗斯未来派诗人,出生于军官家庭;1905年开始发表诗作,主要作品有诗集《高脚杯里的泡沫》《香槟酒中的菠萝》。他的诗风飘逸隽永,具有浓郁的抒情性及和谐的音乐性,曾被推举为“诗歌之王”。1918年,诗人陪母亲去爱沙尼亚海滨疗养,滞留在塔林,再也未能返回俄罗斯。

中国掠影

在钟声应该回荡的地方，
清风送来了瓷铃的音响。
满怀兴奋，我乘车前行，
田地平坦，而山岭粗犷。

穿过原野。中国人在种稻；
看得出他们都热爱劳动。
碧空晴朗。火车通过山坡，
斜睨的眼睛为我们送行。

小小村庄。湿雾笼寨墙。
寨墙后边是低矮的平房。
生活俭朴宁静，但明朗——
不见俄罗斯生活的忧伤。

一条龙张大嘴望着我们，
这红土泥塑横在屋脊上。
我笑了：它威严又滑稽。
露水湿青草，坠落夕阳。

1905年

安娜·阿赫玛托娃

安娜·安德列耶夫娜·阿赫玛托娃(1889—1966),俄罗斯阿克梅派诗人,诗集《黄昏》和《念珠》的出版,引起诗坛的重视和好评。她的诗笔委婉细腻,语言凝练,篇幅短小,擅于在抒情中糅进戏剧性冲突;注重生活细节,常以白描手法抒发女性心理、爱情体验和失恋的痛苦,因而她被誉为"二十世纪俄罗斯的萨福""俄罗斯诗坛的月亮""哀泣的缪斯"。她翻译过屈原的《离骚》和李白、李商隐的诗歌作品。

中国风

难道我成了另一个人，
早已离开海滨？
难道我的口腔与嘴唇
忘了痛苦滋味？
在这古老干燥的大地，
我又回到家里。
中国风在昏暗中歌唱，
一切都很熟悉。
我屏住呼吸仔细观看，
看这起伏山峦，
我知道四周都是朋友——
人数多达百万。
疾速的阵风呼呼有声，
乘着夜的翅膀——
那是亚洲的心脏跳动，
为我说出预言，
在这里能够得到舒适，
日子晴朗平安。
遍地开花的克什米尔
距离此地不远……

1944年1月16日至5月14日，塔什干

【附记】

苏联卫国战争期间，诗人阿赫玛托娃曾被疏散到中亚城市塔什干居住，那里接近中国的领土，因而诗人把南方吹来的风，称为“中国风”。

新月当空时你把我抛弃……

新月当空时你把我抛弃,
我的情人,我可怎么办?
你开玩笑:“能活到五月吗?
你这个走钢丝的女演员!”

我回答他,像回答兄弟,
我并不胆怯,也不妒忌,
但是我的损失难以弥补,
四件新斗篷无济于事。

即便我的路十分危险,
未来的道路艰难又可怕……
就像我那把中国红伞,
白垩粉涂满了伞的骨架!

乐队正在欢快地演奏,
淡淡的微笑露在嘴唇。
可我知道,内心里知道,
第五号包厢里空旷无人!

1911年

谢尔盖·鲍勃罗夫

谢尔盖·帕甫列维奇·鲍勃罗夫(1889—1971),俄罗斯未来派诗人、翻译家,出版有《藤蔓架上的花园》《手足》等诗集。

《诗品》(摘选6首)

1　威猛的混沌(雄浑)

我的词语之光如苍白之影,
力量的实质是充实心灵,
借空虚之路进入混沌之境,
积蓄力量献出我的威猛。

思绪包含着千万种图形,
我常常置身于缥缈之虚空,
云团翻滚广阔而又厚重,
引来狂飞猛吹的猎猎长风。

边界与图形轮番呈现眼前,
世界空阔无涯蕴含胸中。
轻举只手将它牢牢地抓住,
清晰地呈现。无尽无穷。

7　古代之美(典雅)

晶莹的白玉瓷瓶盛美酒,
细雨洒落我茅屋屋顶。
远来的宾客陪伴我畅谈,
空旷的竹林潇潇有声。

白云舒卷,而天气晴朗,
鸟儿们鸣叫相互追逐。

我们抱着琴在绿荫瞌睡，
山崖间流泻银色瀑布。

花瓣纷纷飘落默默无语，
你像花朵般安详静穆。
我描述平和旺盛的生命，
这种文字最值得阅读。

11　放纵无羁(豪放)

观赏天地间千变万化，
胸襟能包容辽远空旷；
领悟洞察万象之真理，
无所羁绊，转趋狂放。

天风所及，无限宽广，
晴光无际，群山茫茫，
洪荒之水，向我涌来，
随意取舍那万千意象。

扬手招星辰暂停运转，
身后跟随着神奇凤凰。
长鞭抽打海怪的盾牌，
濯足于天池欢欣舒畅。

16　清新奇妙(清奇)

松林的松树稀稀落落，
小溪的流水轻轻歌唱，

天气晴和，积雪不化，
渔夫的小船顺水流淌。

我去寻访自己的朋友，
穿木屐走路笃笃作响。
随时停步，观望风景，
荒野无涯，晴空朗朗。

古代的贫士栖身偏僻，
荆棘丛生，生计凄凉。
因此太阳来温暖我们，
而秋天空气清新干爽。

22 洒脱闲适（飘逸）

落落寡合我独自离去，
飞向云霄，孤身一人。
恰似隐士的丹顶白鹤，
又如山巅舒卷的浮云。

这是画家的用心描绘，
英俊的仪表倍显精神，
驾一叶小舟随风远逝，
在缥缈境界不留迹痕。

难以捕捉又难以描述，
依稀听见却难以揣摩！
恍然顿悟，心神融合，
苦苦期待，一无所获。

23　胸襟开阔（旷达）

人的一生活不过百岁，
起点与终点距离很近。
哦，欢乐的时刻短暂，
如实说来，忧伤长存。

忘却忧烦。酒杯在手。
我的窝棚也栽种花朵。
青藤的绿荫遮盖茅檐，
有微微细雨飘洒而过。

最后一滴酒一饮而尽，
拐杖在手，脚步趔趄！
每个人都会化为荒草，
看只有南山崇高巍峨。

【译后记】

诗人谢尔盖·鲍勃罗夫依据瓦西里·阿列克谢耶夫的硕士论文《论诗人的长诗——司空图〈诗品〉翻译与研究》，翻译了司空图的24首诗，并跟阿列克谢耶夫通信，探讨诗歌翻译问题。这里挑选了鲍勃罗夫《诗品》俄译本当中的6首，回译成汉语，从中可以感受这位未来派诗人的译诗风采。

米哈伊尔·谢尔巴科夫

米哈伊尔·瓦西里耶维奇·谢尔巴科夫(约1890—1956),俄罗斯侨民诗人、作家、翻译家;20世纪20年代居住在哈尔滨,曾在亚洲漫游,足迹遍及朝鲜、日本、越南、马来西亚、斯里兰卡等国家;第二次世界大战后定居胡志明市,后移居法国。其诗作多表现行旅观光,对异域风情表现出浓厚兴趣,对亚洲各国底层民众的苦难流露出深切的同情。

中国刺绣——喷泉

背景是深色丝绣的树叶，
橘黄色的丝绦环绕喷泉，
银色水珠迸溅洒落草地。

水潭发暗，潭上树叶红；
树的倒影，坠落的叶子
顺水漂流，像一群金鱼。

有几只绿色的陶瓷花瓶，
紫色蝴蝶在阳光中嬉戏，
一丛金色的水仙花旁边，

鸟喙长长的翠鸟在休憩。
透过松林能够望见大海，
云朵在绯红的天空游弋。

1921年

弗拉基米尔·马雅可夫斯基

弗拉基米尔·弗拉基米罗维奇·马雅可夫斯基(1893—1930),出生于格鲁吉亚一林务官家庭,13岁丧父,全家移居莫斯科;15岁参加革命活动,曾3次被捕,在狱中阅读了大量文学作品,同时尝试写诗;1911年进入莫斯科绘画雕塑建筑学校学习,结识了一大批未来派诗人、画家,成为未来派代表性诗人。他的主要著作有长诗《穿裤子的云》《列宁》《好》,剧本《臭虫》《澡堂》等,写有大量政治讽刺诗。诗人关注中国,同情中国劳动人民,创作有《不许干涉中国》等诗作。这里选译了他的组诗《先读书,后乘车,去巴黎,去中国》。

先读书，后乘车，去巴黎，去中国(组诗12首)

1

孩子们，
手捧书本，集合！
这首歌
　　带你们
环游世界。
你们都知道，
大地从克里姆林宫开始。
漂洋过海，
　　　　穿越大陆——
都能听见共产党员在唱歌。
喜欢听这歌声的
都是劳动者。
这声音让资本家老爷
毛发竖立浑身哆嗦。

2

从克里姆林宫，
我们乘坐汽车
直接开往飞机场。
这里噼噼啪啪
　　　　　如雷声轰鸣。

乘客来来往往，
飞机螺旋桨已经启动。

3

朝前走，
　　　　别害怕，
整理好红领巾，
飞吧，像麻雀一样，
甚至
　　　像燕子那样飞腾！
云彩岂能成为障碍？
我们在云层上空飞行！
记住，谁朝下看——
要嘴巴抿紧，
不能从空中啐吐沫
免得叔叔的帽子留下污痕。

4

我们在巴黎降落，
就近观赏巴黎。
来这里，
　　　　　去那里——
到处都是法国人。
有些人很瘦，
另外有些人——
　　　　　　　大腹便便。
在巴黎无论走到哪里，

都看到同样的画面：
富人过得美满，
而穷人——
　　　　　忍受熬煎。
巴黎中心——那座铁塔
高得可怕，直插云天。

5

我们坐火车
　　　　　玩了整一天，
有时过森林，
　　　　　有时绕城转。
还经过
　　　法国人的乡村，
我们飞行，
　　　　　穿过层层云烟。

6

海水摇晃轮船。
绞盘拉着它的爪子——
用爪子抓紧手提箱，
我们沿着梯子走。
轮船客满，
海浪环绕，
　　　　　坡度高。
波涛汹涌——
　　　　　浪高如山，

要把轮船拖进深渊。
风暴，
不要威胁我们！
机械快速地运转，
船下的涡轮飞旋，
驱动楼房般的大轮船。
我们到达了美国——
终于可以停泊靠岸。

7

远看——
如丘陵，
近看——似高山，
这些是
纽约
上百层的摩天楼，
人们整天像跳蚤一样，
匆匆忙忙地四处奔走。
不要白白浪费
任何东西——
双手和双脚
都不够用，
他们用机器
创造一切。
像雪橇
沿着积雪滑行，
没有灰尘，
像小山一样滚动，

在这里
　　汽车多到数不清。
有钱的财主们
　　　　　坐在汽车里出行。

又是灰胡子的烟雾。
(火车不刮胡须!)
我们飞行越过另一片水域,
我们飞往另一座城市。
不错,离旧金山不近,
离旧金山已经很远很远。

8

从这里
　　再次
　　　　漂洋过海,
像我这样翩翩飞翔。
海洋当中
　　　有些岛屿,
这里有另外的族群,
有森林,有草地。
我们飞了过去,
看吧,
　　这里就是——
日本。

9

想象一下日本人

很容易：
如果说我们——像马，
那么他们
　　　　就像小马驹。
这里的树不高。
　　　　　　房屋建筑
都比较低矮。
春天，
　　　无论眼睛往哪里看——
花园
　　在矮小的树丛里。
岛上
　　山丘起伏，
云遮雾罩，
　　　　火山喷发隆隆作响。
早晨
　　突然惊醒，
房屋
　　被岩浆埋进了火山灰。
但是
　　人们不放弃劳作。
不能放弃。
　　　　必须勤勉努力。

10

从这里，隔海相望——
　　　　　　　　　　就是中国。
乘船渡海

能到那里去。
中国因干旱日晒
而颜色变黄。
茶叶的家乡。
稻米的家乡。
不错：
一碗大米粥
一杯茶——
瓷茶杯有彩绘图样。
只可惜
普通的中国百姓——
吃不上稻米
喝不上茶。
英国商人
冲中国劳工高声吼叫：
“给我们进贡，
不然——
就发动战争！
我们
已经习惯
坐人力车奔跑。”
这样的中国人
叫作“车夫”。
他们看见子弹就害怕。
这些劳工们，
名字叫“苦力”。

11

中国男孩

喜欢俄罗斯人。

像兄弟一般

问候我们。

我们不是强盗——

我们不欺负他们。

就由于这样的原因，

更富有的英国人，

嫉妒我们相互亲近。

他们握紧了拳头，

充满了仇恨。

我们要躲到

苏联边境。

让你们乘坐火车，

穿越西伯利亚。

穿越森林与山峦，

经过山峦与森林。

看吧，

经过了十五个昼夜

重新返回莫斯科——

请你们尽情地游览。

12

孩子们乐得合不上嘴。

我们

陪他们继续前行，

到达了一个地方。
这里让人觉得惊奇，
甚至有点儿可怕。
马雅可夫斯基，
我们等待回答。
为什么会是这样？——
我对中国男孩儿说：
“因为
　　地球是圆的，
地球上没有拐角——
就像孩子手里的
一个皮球。”

【附记】

马雅可夫斯基同情20世纪20年代苦难的中国人民。这首诗写给孩子们阅读，诗人带领小朋友环球旅行，从莫斯科出发，先后乘汽车、火车、飞机、轮船，去法国、去美国、去日本、去中国游览，然后领一个中国男孩儿返回莫斯科。诗歌语言轻松、亲切，节奏鲜明，表现了诗人开阔的视野、博大的胸怀和驾驭诗歌体裁的高超能力。

戈奥尔吉·伊万诺夫

戈奥尔吉·弗拉基米罗维奇·伊万诺夫(1894—1958),俄罗斯阿克梅派诗人,1911年出版第一本诗集《驶向齐捷拉岛》,后参加"诗人行会",成为阿克梅派最活跃的诗人之一;1914至1922年之间,相继出版了《房间》《花园》《神灯》等几部诗集,引起诗坛重视。1923他年流亡国外,曾侨居柏林,在法国巴黎居住时间更为长久。他的诗歌与阿赫玛托娃风格相近,语言凝练,篇幅短小,但内涵丰富,耐人寻味,许多篇什成了俄罗斯侨民诗歌中的精品。

你困居在蓝色中国的长城里……

你困居在蓝色中国的长城里，
小房舍装饰华美，你很孤寂。
天空传来群飞白鹤的鸣叫声，
明亮的月光下竹子低声絮语。
单纯朴素，你轻轻抱起琵琶，
寂静中哀婉的琴弦倾诉心曲……

曲调未加修饰能否传到北方？
五月的月亮流泻玫瑰色的光！
我虽然多疑，却相信你的心，
面颊变得苍白，你目光低垂，
玉手拿一柄珍珠装饰的羽扇，
轻摇清凉，多彩的梦想飘飞。

翻开的书本索然无味……

翻开的书本索然无味，
贫困的我们沉入幻想，
胭脂杯垫，靛蓝骰子
成了离奇中国的形象。

平滑的瓷器闪耀光泽，

丝绸柔软有芳香气息，
阿芙乐尔五角星升起
照耀田园诗般的岛屿。

当大雁列队飞向北方，
在苍山上空鸣叫不绝，
只有迈森马尔克利尼[1]
才能够了解中国诗歌。

中　国

她从奇妙的壁画上俯视，
手持扇子，杯中酒闪烁，
这国家一切美好又可笑，
那里有许多微妙的欢乐。

那是金光晶莹的地平线，
有粉红荷花在默默摇曳，
是中国女人撑开了花伞，
弯曲了双腿娇羞地坐着。

斜视的眼睛仰望着高空，
看燕子飞过美丽的湖泊。
蓝盈盈的天空趋向苍白，

---

① 迈森，是德国城市，以出产瓷器著名。马尔克利尼伯爵(1739—1814)，萨克森王国官员，艺术活动家。

西方晚霞从柳树梢滑落……

恍惚间:“在幻想中陶醉……”
燕子呢喃,榆树婆娑。
仿佛那是神奇的玩具——
黄昏时刻闪光的中国。

谢尔盖·叶赛宁

谢尔盖·亚历山大罗维奇·叶赛宁(1895—1925),俄罗斯天才的抒情诗人,出生于乡村农民家庭,9岁开始写诗,1916年第一本诗集《扫墓日》问世,引起诗坛轰动,他对俄罗斯大自然和乡村生活的挚爱,像一股清新的风吹入读者的心田,被誉为俄罗斯田园风光出类拔萃的歌手。叶赛宁有一位朋友维尔日比茨基,是梯弗里斯的记者,给叶塞宁介绍李白的诗和故事,引起了叶赛宁对李白的关注。叶赛宁欣赏李白,李白爱饮酒,叶赛宁也喜欢喝酒;李白爱写月亮,叶赛宁也爱写月亮。20世纪20年代的俄罗斯诗人叶赛宁与8世纪的中国唐朝诗人李白,心灵相通,堪称世界诗坛的佳话与传奇。

像李白那样生活……

像李白那样生活，
合乎我的心愿。
纵然其他日子
更美好更快乐，
我也不想交换！

【附记】

1925年夏天，叶赛宁从一本英语杂志上剪下来一幅李白画像，在画像背面写了这几行诗，寄给他的记者朋友维尔日比茨基。这首短诗，无比珍贵。

海浪声音如麻雀乱叫……

海浪声音如麻雀乱叫。
夜晚，似乎很明亮。
夜色总是如此美好。
夜晚，似乎很明亮，
无害的嘴唇叽叽喳喳。
海浪声音如麻雀乱叫。

哦，这样美的月光，——
明亮，真想投身波浪。

我不想过平静的日子，
夜晚蓝盈盈如此晴朗。
哦，这样美的月光，——
明亮，真想投身于波浪。

亲爱的，是你？是她？
这些不知厌倦的嘴。
这些嘴唇就像流水，
亲吻给生命以安慰。
亲爱的，是你？是她？
对我悄悄地诉说玫瑰？

我不知道有何前景。
或许就在附近某处，
欢乐的笛子仿佛在哭。
平静的傍晚一片嘈杂，
我更喜欢百合的酥胸。
欢乐的笛子仿佛在哭。
我不知道有何前景。

【译后记】

这首诗里隐含着李白水中捞月而仙逝的传奇故事，再一次流露出叶赛宁对李白的敬仰与同情。

阿列克谢·阿恰伊尔

阿列克谢·阿列克谢耶维奇·阿恰伊尔(1896—1960),俄罗斯侨民诗人,1922年到了哈尔滨,侨居中国20多年;出版诗集有《言简意赅》《艾蒿与太阳》《小路》《金色天空下》。他的诗歌题材丰富,内涵深沉,诗风兼容飘逸与奔放,具有很高的艺术性和审美价值。

松花江

晚霞似藏红花照着一江乳汁，
舔着奶水的是条条火舌，
从石头江岸远望，周围是
起伏不定的火红原野……
像东北面粉烙的一张大饼，
天空的蔚蓝不停地伸展，
沿着奶油般肥腻的江水，
缓缓驶过装得满满的货船……
被单当船帆；婆娘与麻袋……
汗水淋淋的赤裸胸膛……
月亮想出了绝妙的游戏，
夜晚在江面洒下闪烁的银光……
浸在江水里的蕃红花，
触摸人的躯体，躯体柔软，
风像挣脱了锁链，大声吼叫，
江上的夜空变得白茫茫一片。
源于传说以及佛的理念，
现实在泪水与尘土中跳动……
奶汁似的江水流速凶猛，
四周景物如灰色丝绦缓慢爬行。

杭　州

胡琴、琵琶弦乐交织，如蜂群嗡嗡，
杭州沉溺在花丛，轻轻呼吸在梦中。
此前的生活像无处栖身的荒山野岭，
而这一刻繁花竞放，童话一般新颖。

湖水如明镜印着神圣古寺庙的倒影，
倒影突然扭曲，随波浪闪烁浮动，
就像古代的喇嘛在阳光下紧锁眉头，
皱纹凝固……而弯向水面的紫藤

散发出甜香，气味如烟让人困倦，
清风双手无形把我引向涅槃之境，
只有它——蓝色的拱顶完美从容，
庇护着敞开的心尚未平复的伤痛，

只能借休闲，借梦，向无垠飞行，
胡琴、琵琶、三弦、埙的欢快呼声，
震颤的锣响，水乳交融，和谐永恒，
香烟飘如云，星星——通天的途径。

1939年2月14日

米哈伊尔·伊萨科夫斯基

米哈伊尔·瓦西里耶维奇·伊萨科夫斯基(1900—1973),俄罗斯诗人,出生于乡村,14岁发表处女作,担任过记者和报刊编辑,主要诗集有《诗与歌》《话说俄罗斯》《祖国》《在俄罗斯天空下》等。他的诗继承并发扬了俄罗斯民歌的优秀传统,语言明快洗练,形式简洁工整,朗朗上口,便于吟唱,许多诗配上乐曲,广为传唱,如《喀秋莎》《送别》《候鸟飞去了》等,至今仍为俄罗斯人所喜爱。

喝　茶

我们并排坐一起喝茶，
不喝茶时我头昏脑胀，
喝了茶使人耳聪目明，
常喝茶让人心情舒畅，
彼此交谈流水般欢快，
一桌人变得喜气洋洋，
我们的面庞我们的心，
瞬间触及青春的翅膀！

尤斯吉娜·克鲁津施坦因-彼得列茨

尤斯吉娜·克鲁津施坦因-彼得列茨(1903—1983),俄罗斯侨民诗人,记者,多年生活在中国哈尔滨,1930年迁居上海,1960年移居美国。她熟悉中国历史、文化和诗歌,《李太白》《杨贵妃》是她的名篇杰作。

李太白

开心地半躺半坐，醉意朦胧，
忘记了什么能做，什么不能。
天子宴会，他大叫："拿酒来！"
仿佛在路边小酒馆肆意放纵。

臣僚们为他的荒唐倍感惊讶。
一个个都瞪大眼睛竖起耳朵。
杨贵妃面带着笑容亲自动手，
为醉汉在砚池里细心地研磨。

他打嗝，脱下靴子随便丢弃，
在宣纸上信手挥舞那支毛笔，
就像威严的法师施展了魔法，
宫廷大殿上竟然是一派沉寂。

美人儿看着他的手、他的字，
情不自禁面颊上浮现出红润。
名扬天下的李太白为她写诗，
尽管他嗜酒如命喝得醉醺醺。

他站起身来——胡须乱纷纷。
抓起靴子，点点头离开宫殿。
他不需要金钱也不需要名望，
辽阔的绿水青山是他的挂念。

一天在河边,他开心,醉酒,
忘记了什么能做,什么不能。
高举酒杯大叫:“摘取月亮!”
一个趔趄,不小心跌入水中。

朋友们惊讶,为这怪人惋惜,
“他受宠于生活、平民与宫廷,
杨贵妃亲自为他摇过羽毛扇,
不止一次冲他微笑赞赏垂青。”

他常常坐在小酒馆里打饱嗝,
随手把钱币撒给乞丐和孩童,
他身边总围拢着一群崇拜者,
任何地方都很少见这种情景。

他自己葬送了个人的字与画,
他无比傲慢,对卑贱者同情。
他才华横溢,举世难逢对手,
可惜未尽天年,真令人心痛。

凌乱的胡须——漂浮在水面。
不,现在谈论诗人为时过早。
同代人把他视为浪子、醉汉,
诗人李太白享有万年的荣耀。

1949年,上海

杨贵妃

窒息的风愤怒地掠过草地，
草原上扬起了漫天的黄沙。
人困马乏。没有随从，
天子骑马来到山脚下。

看他神色匆忙。来了个急转弯。
独自一人,头顶天空和暑气，
疲惫的马扬起前蹄,仿佛知道
主人正面对空旷静寂。

这时候，
狂暴的风怒扫着大地，
那个跟你同床共枕的人
杨贵妃，
杨贵妃，
你可记得太液池莲花的娇姿？

你可记得御花园里的小径，
那里的斑竹俯向水面？
可记得你的丝绸衣袖，
可记得你的步履轻响，
可记得你的袍服光彩熠熠？

那是——幸福的相遇，
一切都无可挽回,失去了
你的杨贵妃。

鸢尾花默念她,笛声响起,
珍珠项链为她发出清脆的声音,
翡翠玉石说:

“我爱杨贵妃。”
九年安定的岁月悄然度过,
九重城门全部敞开,
有一天传来战鼓如雷鸣,
你不得不早早起来。

天空的朝霞红蓝相间,
飘扬的旗帜绣着凤凰。

九重城门豁然敞开,
你目睹一片空虚,
脸色比雪还要惨白。

为什么人们忌恨
杨贵妃的美貌?
在高高的峨眉山下,
一朝天子如困居囚牢。

此地,离四川遥远,
突发的兵变殃及嫔妃。
停顿歇息。
歇息哪有可能?
再次吼叫,叫声越近越惊恐。

长矛举向空中，
士兵们步步逼迫，
杨贵妃。
杨贵妃。

这是——柳叶眉，
既柔细又华美。
这是——竖琴的音调。
这是——高贵、扭曲的唇。
这是——长长的丝巾
把她纤细的脖颈勒紧。

士兵手上的遗体不再呼吸……
而杨贵妃
渴望
活命。
大地拖着长长的阴影，
沉闷的空中雷声轰鸣。
这日子该受三倍的诅咒，
天子闭上了眼睛。

1949年

德米特里·凯德林

德米特里·鲍里索维奇·凯德林(1907—1945),俄罗斯诗人,曾在《青年近卫军》出版社任编辑,苏联卫国战争期间,奔赴前线当战地记者。他生前只出版过一本诗集《目击者》。他的诗底蕴丰厚,语言流畅,构思新奇,善于从俄罗斯历史和民间文学中汲取素材,历来受到诗歌评论家的赞赏。

中国情缘

滑冰时遇见了费宪库，
玛露霞觉得他可爱。
玛露霞走向莫斯科河，
有个中国人朝她走过来。

中国人黄皮肤黑头发，
他说他是个公司职员。
虽然颧骨高眼睛微斜，
可一道划船让他喜欢。

爱的语言让他燃烧如火，
姑娘的回应同样热情。
就这样，这中国情缘
不动声息悄然启动。

中国人热恋同大家一样……
玛露霞家住在塔甘卡。
中国人来看望玛露霞。
邻居竟然唆使狗去咬他。

邻居们躲在角落里议论：
“看她结交什么人！瞧瞧吧！”
玛丽娜·伊万诺夫娜猜测：
“哎，这妮子会生个中国娃！”

"可怜的孩子,长什么样子?"
街坊四邻开始推测算卦。
"浑身长条纹,白黄交叉,"
说话的是玛丽娜·伊万诺夫娜。

伊万诺夫娜错了。娃娃出生——
不带条纹,小身子光滑柔软。
婴儿黄皮肤,眼睛有点儿斜,
可高高的鼻梁,特招人喜欢!

两种强有力的血液在体内混合,
小拳头藏在襁褓里,他躺着,
一开始哭了几声,到后来
露出了笑容,笑得特可爱。

接下来,逐渐扩展活动范围,
娃娃很自信,很结实,迈开
有点儿趔趔趄趄的小脚丫,
清清楚楚叫出了一声"妈妈"。

混合了两个民族两种血液,
没病没灾,茁壮成长,
他的名字叫弗拉基米尔!
额头宽阔,身体特棒!

那母父双亲呢?抚养儿子,
照常生活,度过人生岁月……
或许,当初那些人会说,

这个中国人没有挑错。

1932年

【译后记】

2019年10月31日，俄罗斯学者阿尔焦姆·科博杰夫和夫人娜塔莉娅·奥尔罗娃访问南开大学外国语学院，为学生做学术报告。转天，诗人段光安应约开车陪我们游览市容。中午吃饭时聊天儿，谈起了诗人凯德林。阿尔焦姆告诉我，这位诗人是他父亲的好朋友，有一首写中国的诗特别出色，回到莫斯科后不久，他给我寄来了凯德林的原作《中国情缘》。

阿尔谢尼·塔尔科夫斯基

阿尔谢尼·亚历山大罗维奇·塔尔科夫斯基(1907—1989),俄罗斯诗人、翻译家;出版诗集《落雪之前》《冬日》《信使》《历年诗选》《从青春到暮年》等。1989年他去世后被追授国家文学奖。他诗风典雅,擅长哲理思考,敢于直面人生和社会问题,因而受到诗坛的重视和好评,成为俄罗斯20世纪重要诗人之一。

战地医院花园里的蝴蝶

从阴影里飞向光明，
她本身就明暗交织，
蝴蝶看似平淡无奇，
她究竟诞生在哪里？
这只蝴蝶飞飞落落，
很可能她来自中国，
没有蝴蝶与她相似，
她来自悠久的岁月，
那里一片小小碧空，
犹如海洋一般辽阔。

蝴蝶发誓:永世长存！——
但誓言消失泯灭无闻，
她刚刚念了两个数字，
就陷入昏迷如同梦游，
整个字母表她念出的
只有两个元音:A和O。

蝴蝶的名字美如图画，
忌讳人们呼叫发声，
她为什么习惯寂静？
她像一面小小的明镜。
我的蝴蝶,不要飞走，
请求你,别飞回中国！

你从阴影飞向光明，
没有必要再寻找故乡。
哦，我心爱的蝴蝶。
色彩绚丽的神奇蝴蝶，
何必一定要飞回东方？

1945年

【译后记】

苏联卫国战争期间，塔尔科夫斯基在战场负伤，住进了战地医院，写了这首诗。诗中的主要意象是美丽的蝴蝶，抒情主人公觉得这只蝴蝶似乎来自中国。为什么他会产生这样的联想呢？因为在俄罗斯诗坛，庄子梦蝶的故事广为人知。诗中的两个字母A和O，则与他的心上人的名字相关。蝴蝶和他的恋人都给养伤的诗人带来安慰和希望。

尼古拉·斯维特洛夫

尼古拉·费奥多罗维奇·斯维特洛夫(1908—1972),俄罗斯侨民诗人,曾在哈尔滨生活多年,1931年移居上海。他曾在杂志《帆》编辑部工作,在《言论》《新路》《上海霞光》等报刊上发表诗作。他的诗清新自然,富有生活气息,有些涉及中国的风土人情、民间艺术,选材角度新颖,具有很强的艺术感染力。

中国的新年

突然转折的寒冷夜晚……
明天就是中国的新年！
咚咚咚！……锵锵锵！——
到处都是欢乐的声响。
大鼓小鼓拼命地敲打，
开怀畅饮，特别热闹，
全中国的人民都喜欢，
高高兴兴欢度农历年。
胡琴、喇叭还有锣声
有板有眼地响个不停，
蹦蹦跳跳的民间舞蹈
让人陶醉，神魂颠倒。
空中好像是雷声隆隆，
万千鞭炮在一齐轰鸣，
噼里啪啦！嗵嗵！嗵！
爆竹声震得耳朵嗡嗡……
赶走邪恶有害的妖魔——
远远离开贫寒的房舍，
中国人就是这样过年，
为的是一家平平安安，
还要祈求善良的神明，
保佑他们的买卖兴隆，
万事如意，心情欢快，
各种鬼祟别兴妖作怪。

生活充满美好的幻想，
就连走路都喜气洋洋，
人们说话像在俄罗斯，
见谁都说:“新年新禧!”

大街上

一个中国汉子在捏面人，
四周围了一圈人看热闹。
你挤我撞好像一堵墙，
这师傅招呼游人都来瞧!
几十双眼睛全神贯注，
看师傅手指活动格外灵巧。
面人已成形……捏出的臂膀
内有铁丝,面人转动像舞蹈。

捏成了一排高贵的大官。
戴盔的武将手执闪光的长矛。
“看,他的刀……是金刀!
这么说,他的官职挺高……”
“不要动,不要! ……”

士兵以他的铜奖章为荣，
生意人为他的肚子自豪，
手里还攥着个大钱包!
“嘿,这脸,脸像果子羹! ……”
“哈,姑娘!”“这娃娃不孬!”

面人在世上不会保存多久……
五分一个,两天饭钱混个饱,
很快就变干,扔进垃圾堆,
肢体破碎,被猪拱、被狗叼。

面人啊面人！与我们的经历
多么相似！人生实在糟糕！
只不过人付出的代价更昂贵,
后娘似的生活待我们更粗暴!

给苏州姑娘

告诉我,为什么,
你像晚霞一样亮丽又腼腆?
为什么,融化在我的怀抱,
却又掩饰你谜一般的视线?

告诉我,为什么,
漆黑的辫子像幽暗的夜晚?
为什么你一双斜睨的眼睛
有奇妙的光焰为我闪现?

告诉我,为什么,
你的肩膀芳香,蜜一般甜?
多么好啊！当满天金光,
嘴唇贴着肩膀柔润又温暖。

你忧愁,掩饰心中的痛苦,
我的灵珊！难忘你的容颜。
你信佛,是个圣洁的信徒,
你远离罪恶,与堕落无缘。

你为我唱一支悲伤的歌,
声音柔和胜过纤细的琴弦,
唱什么行驶如飞的风帆,
其实那是合辙押韵的谎言!

携带你离开陌生的城市,
歌声轻灵如插上羽翼一般,
我知道你想念心爱的苏州……
想家,想洒满月光的花园……

别唱了！这支歌曲我熟悉。
陪你一起哭泣是我的心愿,
为失去家庭的温暖而流泪,
为傍晚难忘的亲情而长叹。

我们手与手紧握默默无言。
我们热烈地亲吻消解忧烦。
灵珊啊,让我们一起燃烧,
这痛苦中的欢乐难以言传!

我知道,融化在我的怀抱,
你会掩饰自己胆怯的视线,
你是圣洁的信徒沦落风尘,

你像晚霞一样亮丽又腼腆。

从你斜睨的顽皮眼睛里，
我为自己寻求奇妙的光源，
让我失魂落魄的辫子啊，
漆黑漆黑恰似幽暗的夜晚。

【译后记】

尼古拉·斯维特洛夫在上海生活期间，结识了我国俄语翻译家戈宝权，这在李萌的著作《缺失的一环》(北京大学出版社，2007)当中有所记载。该书260页一条注释中写道："戈宝权在他翻译的俄国诗人勃洛克的长诗《十二个》译后记中说，'在翻译的过程中，又承司唯劳夫兄(Н. Светлов)为我解释了许多疑难处，夏清云兄(В. Ф. Перелештн)为我校阅过全部译文，蓝冰兄为我润饰了许多字句，现一并在此表示感谢'。"重读这段文字，不难体会中俄两国文化人之间的深厚情谊。

亚历山大·吉托维奇

亚历山大·伊里依奇·吉托维奇(1909—1966),俄罗斯诗人、诗歌翻译家。他与汉学家合作,翻译中国古典诗歌,其中包括《离骚》《李白诗选》《杜甫诗选》《王维诗选》。他的译诗风格简洁明快,赢得了读者和专家的认可与好评。

既然说起了诗歌翻译……

既然说起了诗歌翻译，
我从事这项工作很多年，
任何劳动都不是休息，
虽多年付出却并不遗憾。

翻译是我的由衷爱好，
是我自己选择的牢笼，
是我的崇尚，是我的痛，
我的心痛，而不是头痛。

力图借助现代人的语言，
再现中国古老的诗篇，
我仿佛借助先贤的眼睛，
目睹当代人的苦难忧患。

因此我逐渐积累了经验，
每当跟可敬的老人相遇，
不由得心想：都是孩子，
我比他们年长几个世纪。

【译后记】

另一位诗人、诗歌翻译家塔尔科夫斯基（1907—1989）写过一首诗，其中有这样4行：“何苦我把大好年华，/ 耗费在他人的词句？/ 哎，翻译东方诗歌，/ 真让我头疼不已。”他认为诗歌翻译耗费岁月，费力不讨好，让他“头疼”。吉托维奇跟他相反，认为翻译中国诗让他收获快乐，增长智慧。因此写了这首诗跟塔尔科夫斯基进行争辩。

莉季娅·哈茵德罗娃

莉季娅·哈茵德罗娃(1910—1986),俄罗斯侨民诗人、记者;童年随父母来到哈尔滨,1940年移居大连,1947年返回苏联;出版诗集《朝霞》《彷徨》《沉思》等。

中国的耕地

小心翼翼从耕地走过:
你的祖先在这里安眠,
他们守护着你的庄稼,
满怀长久的坚忍爱怜。

你看,晚霞变得浅淡,
就像你褪了色的衣衫。
水井边传来驴的叫声——
那里泥泞,行走不便。

迎面还有微微的光亮,
花朵向你轻轻地抖颤。
你黄脸庞的儿子长大,
像你一样会耕作种田。

不写诗歌,目光严肃,
安静聪慧得先辈真传。
与泥土融为一体的人,
绝不惧怕坎坷与艰难。

耕地中间有祖辈坟茔——
茂密的青草长在上边——
虽无石头墓穴与石碑,
坟丘对子孙留下遗言。

俯身跪倒在坟墓前面，
大地之子平静地聆听，
听远方飞过一群大雁，
身披着阳光飞向天边。

1940年

马克西姆·唐克

马克西姆·唐克(1912—1995),白俄罗斯诗人,原名叶甫根尼·伊万诺维奇·斯库尔科,出生于农民家庭,1931年开始发表作品;有诗歌集《纳罗奇湖》《桅杆下》《穿过烽火硝烟》《闪电的足迹》《一口水》等。1978年他的诗集《纳罗奇湖畔的松树》荣获列宁奖金。他的诗歌作品富有浪漫主义情调,语言朴实清新,具有浓厚的生活气息。

纪念碑[1]的影子

据古代传说，诗人屈原投汨罗江自尽，仍然活在水下王国。

“柳树，你们为什么向水面低垂？
透明的水底能看见什么东西？
水中有成群的金鱼来回游动，
那里是不是还有宝石和碧玉？”

苍老的柳树在寂静中回答：
“请跟我们一起朝湖底观看。
如果阵风不惊扰那些芦苇，
你就能看见徘徊散步的屈原。”

1958年

永安桥

如果你有幸进入现实中的天堂，
真实与梦不混淆，相信所有奇迹，
你会看到北海公园和其中的湖泊，
湖水如碧玉，波平如镜光彩熠熠。

---

① 纪念碑，指武汉市东湖公园湖畔的诗人屈原纪念碑。

你相信这些林荫道,天堂鸟鸣叫,
你相信这些雕塑,九龙鳞光闪闪,
只有这座桥,让你难以置信:
永安桥——意味着永久平安。

停留片刻,你失去了内心的平静,
像我一样,在衰迈暮年亲眼得见,
弓形的玉带桥,隆起在水面,
菊花状的篝火,一直燃烧到夜晚。

1958年

知春亭

知春亭的名字十分神奇,
长久以来焕发春天气息,
双层的伞状圆顶秀丽俊俏,
望着梦幻的湖水凝神沉思。

恋人们来到这里,观看
昆明湖上傍晚霞光灿烂。
老年人在这里幻想变年轻,
黝黑的孩子们欢快地游玩。

走过林荫道,走近凉亭,
我也有幸漫步来到湖畔,
我再次领悟,人们的建筑

百倍美好，胜过神仙宫殿。

1958年

白马寺

佛教两位高僧竺法兰和迦摄摩腾
来到这里，白马驮来了佛经。
汉明帝下御旨为高僧修建寺院。
就以“白马”命名，世代传颂。

这里的众神，早已被人们忘记。
两千年后，这寺院寂静又萧条。
当寺院门口站岗的不是和尚，
院墙外石雕骏马可能会逃跑。

当只剩下我俩，复活的马嘶鸣，
我问，它是否想去葱茏的草地。
那匹马感谢我，甚至还答应，
愿用最后的力气去耕地拉犁。

1958年

【附记】

汉明帝永平十年(67)，印度高僧迦摄摩腾和竺法兰应东汉使者邀请，用白马驮载佛经、佛像同返京都洛阳。永平十一年(68)，汉明帝敕令在洛阳西雍门外三里御道北兴建僧院。为纪念白马驮经,取名“白马寺”。汉明帝见到佛经、佛像,十分高兴,对二位高僧极为礼重,亲自接待,并安排他们在官署鸿胪寺暂住。后来“寺”字便成了中国寺院的一种泛称。迦摄摩腾和竺法兰在此译出《四十二章经》,为现存中国第一部汉译佛典。

齐白石

湘潭齐白石之墓
——墓碑上题词

这里的柳树寂静又悲伤,
请不要在墓碑前啼哭。
别以为,伟大的齐白石
人生道路在这里结束!
我也曾这么想过,想把
玫瑰花敬献在墓碑之前,
这里墓碑的阴影
神秘而幽暗。

但细心聆听,有鸟儿鸣叫,
那是他画的鸟儿让人欣喜,
听,纤细的声音飞向云霄。
看,花朵盛开,枝叶交织。
花卉,是他给祖国的献礼,
绚丽而柔和,如同晨曦。

他活在夜莺的歌声里,

活在荷花中,活在水波里,
活在雪花中,活在树林里,
活在千百万乡亲的心坎里。
记住,当你看白昼之光,
看山崖,看春天的樱桃花,——
你就看到画家灵动的笔迹。

1958年

【译后记】

1989年我在列宁格勒大学进修期间,到白俄罗斯明斯克拜访诗人马克西姆·唐克,受到热情接待。77岁的老人家回忆起当年访问中国的情形,脸上洋溢着喜悦的微笑。他们是第一批乘火车驶过武汉长江大桥的来宾。他的房间里整洁简朴,墙上挂着湘绣风景四扇屏,桌子上的玻璃瓶里插着麦穗儿。难忘的景象至今如在眼前。诗人把他的三卷集题写赠言送给我留念。我翻译了他的60多首诗,其中《母亲的手》发表以后,产生了相当广泛的影响,曾入选中学生课外阅读诗集。

瓦列里·别列列申

瓦列里·弗朗采维奇·别列列申(1913—1992),俄罗斯侨民诗人,1917年随父母定居中国哈尔滨,在中国生活32年,曾在北京居住,到过中国许多地方游历,对中国的风土人情、传统文化相当熟悉。他的诗歌作品语言洗练优美,诗风洒脱飘逸,具有中国诗歌的情趣和神韵。其诗集有《途中》《完好的蜂巢》《海上星斗》和《牺牲》等。诗人把中国视为自己的第二故乡,曾把屈原的《离骚》、老子的《道德经》和唐诗宋词名篇译成俄语。

盖利博卢[1]水手

沿着舷梯缓缓地攀登，
即将结束最后的航程，
我们抓把宝贵的泥土，
偷偷珍藏紧贴着前胸。

不留恋纽孔里的花结，
不惋惜告别的白玫瑰，
要知道谁在境外哭泣，——
眼睛流血而不是流泪。

手绢恰似外省的花坛，
闻不到什么芳香气味，
抬起军人肮脏的衣袖，
擦干像血一样的泪水。

掉转身来就不再回头，
站稳了脚跟脸朝南方，
忽然间内心一阵亢奋，——
那是盖利博卢的激昂。

从此每踏上外国土地，
不免总感到心如刀绞，

① 盖利博卢半岛，位于土耳其的欧洲部分。

从此常停泊比塞大港[①]，
我们的轮船渐渐衰老。

从此以后紧张、努力，
有小小花束偶作奖赏，
而我们像磨房的风扇，
往回倒转竟成了方向！

遥远的岁月斗争不断，
想起那硝烟仍感恐慌，
俯下身体看一掬骨灰，
我们已经是满头白霜。

1935年3月24日

游东陵

高高的陵墓，墓门朝东，
俨然是两座白色山峦。
陵墓中埋葬着历代帝王，
他们梦见征战与盛宴。

你眼睛望着无云的远方，
鬓角的血脉呈现浅蓝……
青年在这里为姑娘叹息，
抱怨着命运弹奏琴弦。

---

① 比塞大港，突尼斯北部的海港城市。

松树间消融了百年岁月，
在此处栖身直到永远。
我们这些不成器的孩子，
同样承受着惊恐忧烦。

陵墓墓门的拱形墙壁，
满是图画、姓名与诗篇。
我们也用尖尖的石头，
把野蛮的名字刻在上边。

1940年10月14日

画

——给玛利亚·巴甫洛夫娜·柯罗斯托维茨[1]

我有一幅画：山峰之间，
天空开阔，明亮无比。
中国的国画大师绘制，
笔触轻灵，堪称神奇。

峡谷在下，绿草如茵，
牛羊走来，牧童吹笛，

① 玛利亚·巴甫洛夫娜·柯罗斯托维茨，俄罗斯侨民诗人，20世纪70年代去世。

人生的目的不宜渺小，
仿佛是这画中的真意。

上面的山岭有条小径，
攀登山径者当受鼓励，
樱桃树开花花团锦簇，
树木的荫凉凉风习习。

贤哲把家事托付子辈，
嫁了孙女，来此栖居。
他们叹息说青春如花，
骄矜与欢乐俱成往昔。

山岩光裸，如同冰峰，
高峻的峭壁倚天而立，——
很少人喜欢危崖高耸，
唯独独鹞鹰深爱这峭壁。

悬崖之上有孤松凌空，
冷静恬淡，身姿飘逸，
那里笼罩着一片宁静，
恭顺的心灵为之痴迷。

只要死神还追不上我，
只要我还能四处游历，
我知道，我这一颗心
必来此观赏山的神奇！

1941年1月15日

界　限

我们的双手多次相握，
四目对视充满了情谊，
随时约会,不愿分离，
不怕别人的闲言碎语。

我们的依恋彼此相似，
但我们不能说爱谈情，
因为我们的血统有别，
因为我们的肤色不同。

我们追逐芳香的熏风，
我们喜爱傍晚的露珠，
但我是花朵生了怪病，
你是林中的野苹果树。

空气发霉有松香气味，
晚归的白帆驶向远方，
不懂你们的奇妙语言，
我无法描述漫天星光。

当你漫步在林荫道上，
身边有本国青年作陪，
你的面庞就愈发黝黑，

你的黑眼睛更加深邃。

1941年2月21日

归　来

离开了没有欢乐的地方，
来到你身旁，寂静的湖泊，
我是个缺乏自信的浪子，
只寻求安慰，不想受指责。

我们分别的时间不太长久，
但随后我为自由所陶醉，
不再去迷恋轻浮的幻梦，
觉得几个月像长了几岁。

在这里像面对温和的神甫，
我请求宽恕，期待新羽翼，
期盼我的手能重获自信，
我的心不因风暴而恐惧。

请让我空虚的心变得充盈，
桀骜不驯的个性趋向顺从，
我发誓，我将双倍地回报
你满怀爱心的珍贵馈赠！

而那早就被我诅咒的负担，
人世间沉重的痛苦与屈辱，
我将统统倾入你的湖底，
你宽恕一切啊，寂静的湖！

1941年12月9日

中　国

看这天空，神龛一般蔚蓝，
其中能容纳失去的天堂，
黄金般富裕又饥饿的中国，——
你像是可爱的黄色海洋。

我喜欢这色彩斑驳的城墙，
城里有池塘，花朵鲜艳。
心灵啊，你应该恪守忠诚！
并非一切的一切都背叛。

睿智的心，无论你在哪里，
要像珍惜圣物一样珍惜——
珍惜这些姑娘的温顺面庞，
珍惜小伙子的平和话语。

这些可爱的湖泊啊，湖泊！
使我想起了母亲的乳房，
我这屈辱的朝贡者走过来，
渴望从中汲取宁静安详。

栖身在奇异而喧闹的天堂，
长久漂泊后再不愿流离，
度过了九死一生的坎坷啊，
我的中国，我认识了你！

1942年12月11日

站在桥中央

在中国有很多拱形桥梁：
上桥时缓慢而且吃力，
下桥时轻松，快步如飞……
人难活百岁，桥非民居。

迟缓地走到桥的中央，
不慌不忙，我时时回头，
以便在三十岁的生日，
感悟生活美好顺遂无忧。

而下桥轻快如同坠落……
站住，行人，不要太快：
请别忽视了春季花朵，
记住朝霞晚霞同样精彩！

常觉得背后如有人追捕，
你因为囿于书香而哭泣，

下坡的年纪仍不懈学习，
为破碎的瞬间心存感激！

1943年4月27日

【附记】

瓦列里·别列列申出生于1913年7月20日，写这首诗的时候正好30岁，孔子说，三十而立，诗人的感觉是人生已至一半，如同过桥，已经走到桥的中央，明写过桥感受，实写人生的感悟。

中　海

整个夏天有荷花开放，
平静的湖水一片碧绿，
我常在这里休闲散步，
岸边的小径弯弯曲曲。

在这里看得清清楚楚，
往昔岁月的无言见证——
那是皇后的一条古船，
还有岛上的梦幻凉亭。

透过松枝能看见荷花！
我沿着曲径走下山坡，
宽阔的荷叶挺立水面，
花朵粉红如星星闪烁……

花园当中我最爱中海，
爱水色澄碧水面宽广：
此地岂非神仙的天堂？——
法衣洁净才有幸观赏！

他们的一生远离罪恶，
或了解罪恶抗击堕落……
我在此感悟人的一生
如无形幽魂倏忽飘过。

花影扶疏，如此寂静，
是上苍赐予我的奖赏，
我没有做过更美的梦——
偌大的园林荷花飘香！

1943年7月15日

从碧云寺俯瞰北京

身为游子长期无家可归，
我站在白色大理石柱一旁，
脚下是一个庞大的城市，
人们熙熙攘攘如喧嚣的海洋。

我站在高山上，碧云寺
庙宇高耸，巍然壮观，

如此庄严，名利烟消云散，
只听见永恒的风在呼唤。

啊，我真想停止飘零，
像鸽子飞回方舟来此休憩，
第一次安居在松树下，
松一口气，心情永远安逸。

但愿能像颤抖的鸟儿，
在这里躲避逼近的雷雨，
忘却尘世的生死与荣辱，
在此生存，在此隐居。

我平静，可做到无声无息，
我是个毫无用处的摩尔人[1]。
全能的上帝啊，没有桂冠，
我也感到欢欣，感到幸运！

1943年7月27日

---

① 摩尔人，非洲西北部毛里塔尼亚土著民族，诗人以此比喻自己的渺小和与世无争。

胡 琴

为了消解胸中的郁闷，
我出门走进夜的幽蓝，
远方传来胡琴的琴声，
曲调忧伤，不太熟练。

一把普通的木制胡琴，
配上尖锐高亢的弓弦——
但是这痛苦叩人心扉，
像离愁的笛音，像烟。

更像是初秋天气阴郁，
蛐蛐鸣叫，菊花凌乱，
树叶飘零，蓝雾迷蒙，
依稀显现青紫的山峦。

是谁在远方躬身俯首，
顺从的胡琴贴近圆肩，
轻移瘦弱而黝黑的手，
触动琴弦和我的心弦？

因此一颗心悄然变化：
盈盈泪水模糊了双眼，
我与缪斯这高尚女神，
一道分享他人的辛酸。

1943年8月10日

游山海关

登上长城的“天下第一关”，
看雾气蒙蒙的雄伟群山，
看山脚下沉寂的城市与荒村，
视野开阔，直望到天边。

历次战火毁坏了无数城垛，
沉重的塔楼已快要塌陷。
炎热中午躲在城墙下休息，
温驯的毛驴栓在榆树中间。

西天映出了鼓楼的剪影，
庙中供奉着圣明的文昌君，
为了在考场不至于胆怯，
学子们带来了香烛作供品。

傍晚，在饭店一个角落，
嘈杂中传来胡琴的声音，
重新陷入迷茫、等人欺骗，
为了博取一笑而出卖自尊。

像搜罗贵重的宝石与珍珠，
我在雕花宝匣里好好收藏：
我珍视并需要每一个行人，
记住这夜晚、城市与小巷。

贪婪的心啊，永不满足的海，

欲壑难填，莫非你缺少光亮、
幸福、知识、罪孽与痛苦？——
你怎样答复？怎样给予报偿？

1943年8月23日

最后一支荷花

九月初的日子，
不再热似蒸笼，
北海公园的园林，
被晚霞照得火红。

淡紫色的远方，
透明而又纯净。
花朵一度骄矜，
如今纷纷凋零。

花茎变得干枯，
四周笼罩寂静。
最后一枝荷花，
旗帜一样坚挺。

荷花不惧伤残，
傲骨屹立铮铮，
俨然古代巨人，
独臂支撑天空。

我们也曾如此——
最终败于寒冬，
面对寒风凛冽，
我们如烟消融。

我们曾像雄鹰，
蔑视昏暗迷梦，
避开灰尘弥漫，
展翅翱翔苍穹。

岁月飞速流逝，
快似冰雪消融，
我为自由弹唱，
独自一人飘零。

1943年9月10日

【附记】

中国文人爱荷花出淤泥而不染，爱荷花有气节，熟知中国文化的别列列申也写荷花，结合自身经历，糅进了俄罗斯人的理解，使得这首诗既别致，又有深度，堪称一首杰作。

乡　愁

可惜我不能把一颗心儿分为两半,
俄罗斯呀俄罗斯,金子般的祖国!
胸襟博大我爱普天下所有的国家,
唯独爱俄罗斯比爱中国更加强烈。

继母和善,我在黄皮肤国度长大,
温和的黄脸膛汉子成了我的兄弟;
我在这里熟悉了许多独特的神话,
仰望夏夜的星斗竟像花朵般绚丽。

只有到了深秋,十月最初的日子,
当亲切而又萧瑟的北风开始哭泣——
看西天的晚霞仿佛烈火一样燃烧,
我常常眼睛遥望北方,久久伫立。

从那亲切的、但已被遗忘的故土——
故土消失如梦,却永世铭记心怀——
杳无音信,只有缓缓飞行的大雁,
用疲惫的翅膀把珍贵的问候带来。

笑容,松树,拱门……,俄罗斯!
突然消失不见,如一把折扇收拢。
在凉爽的,幽思联翩的黄昏时刻,
我的乡愁恰似空中一颗忧伤的星。

1943年9月19日

霜叶红

霜叶红——说起来多么奇妙。
中国有多少聪慧的词句！
我常常为它们怦然心动，
今天又为这丽词妙句痴迷。

莫非枫叶上有霜？但是你——
乃是春天鲜艳娇嫩的花朵！
你说："春天梦多色彩也多，
秋天吝啬，秋天很少树叶。

秋天干净透明，忧伤而随意，
秋天疲倦，不会呼唤生命。
秋天的叶上霜是冰冷的铠甲，
秋天傲慢，从不喜欢爱情。"

不错，但秋天中午的太阳，
仍以热烈的光照耀枫树林。
总有短暂瞬间：霜雪融化，
让我目睹霜下红叶与芳唇。

1947年5月12日

迷途的勇士[①]

时光给我带来的礼物——
许多书籍、思想与会见，
但我的肩膀不知疲倦，
轻松地扛起了这些负担。

我胸襟开阔如同大海，
热爱万物并加以包容，
各种经典，历史遗训，
整个世界都容纳心中。

当我从孩提时期得知，
命中注定我生在中国，
为此祖传遗产与房屋，
都将被别人强行剥夺——

我倒愿生在中国南方——
例如宝山或者是成都——
生在和睦的官吏家庭，
多子多福的名门望族。

我的祖父是饱学之士，
说“月笛”二字适宜命名，
或叫“龙岩”，意在庄重，
或叫“静光”，取其轻灵。

---

① 诗中的勇士指希腊神话中为寻找金羊毛，乘阿尔戈号船出海航行的勇士。

炎热的太阳当空照耀，
晒黑了我的稚嫩面庞，
脖子上戴着纯银项圈，
上面还有浮雕的纹样。

我像鱼池中一条小鱼，
池上的灌木形成篷帐，
我在奇妙的网中长大，
学文习字，诵读诗章。

大约长到了一十五岁，
严父的意志不可违背，
我娶商人的女儿为妻，
她不好看却出身富贵。

不知道我的天地狭小，
威严富足，直到衰老，
我不晓得俄罗斯歌曲，
那歌曲能让心灵燃烧。

如今，天职之音回荡，
故园之声在心中歌唱，
“伏尔加”这自由词汇，
天外飞来掀起了波浪。

因此背负信念、箴言，
接过真理与古老旗帜，
骨子里依旧是俄罗斯人，

我是一个迷途的勇士。

1947年6月29日

香潭城[1]

黎明，云彩飘逸想休息，
早早飘向香潭城，
清风吹向香潭城，
河水流向香潭城。

白天，鸽群飞向山岗，
山岗后面是香潭城，
傍晚，霞光像只五彩凤，
它愿栖息香潭城。

微笑向往香潭城，
幻想聚会香潭城，
胡琴赞美香潭城，
花朵倾慕香潭城。

夜晚挥舞天鹅绒的旗帜，
寂静笼罩了丘陵，
匆匆忙忙我逃离监狱，
梦中飞向香潭城。

① 香潭城是诗人虚构的地名，隐喻杭州。

一路欢欣奔向香潭城，
奔向和平与宁静！
谁能够禁止梦中飞行？——
飞向隐秘的幸福仙境。

当我早晨照原路返回，
返回逐日服刑的牢笼，
一路遇见的迷蒙朝雾，
轻轻缭绕飘向香潭城。

1948年10月11日

湖心亭

山上的一片平地，
俯瞰湖水，风平浪静。
我们的船向中心划行——
那里是西湖的湖心亭。

燥热的风令人不悦，
没有树叶洒下的荫凉，
草地散发干旱的气味，
草叶的斑点微微发黄。

走进一座空空的小庙，
寂静中我们默默无言。

这里虽是炎热的中午，
却也无力驱散昏暗。

目光慈祥注视着凡尘，
那是金光笼罩的观音，
从天上,从无边智海
飘然降临,保佑我们。

无名的智化来到这里，
他是画家,也是和尚：
一幅幅图画语言精妙，
似在墙壁上放声歌唱。

啊,这荷花永不凋谢，
雨中的荷叶卓然挺立；
有几位圣贤不知疲倦，
端坐在松林的浓荫里。

一把把扇子永远展开，
一只只黄莺歌声嘹亮，
今天、明天一如昨天，
它们歌唱夏日的风光。

依依不舍离开了寺庙，
我们将重新看待生活，
生活的画卷斑驳多彩，
我们的心将变得温和。

须知芦苇和花上蝴蝶，

同样也可以生存久远，
只要用妙笔轻轻描绘，
翩翩性灵凝聚在笔端。

1951年11月26日

遥想天涯

中国的一个平常早晨雾气蒙蒙，
公鸡啼鸣。远处电车隆隆驶过。
昨天如此明天照旧。但一只鸟
飞离鸟群，再也不与群体会合。

赤脚的太阳，莫名其妙提前跃起，
奔向脏兮兮的海岸，奔向岛屿，
辫子长长的雾姑娘急匆匆离去，
在河面上挥舞衣袖，她有洁癖。

你醒了，穿衣起床。用凉水洗脸，
从惺忪的睫毛上抖落未醒的梦。
你走进小胡同，没有发现鸟群，
疲惫的鸟群飞来盘旋在你头顶。

我的一颗心返回那可爱的境界，
为的是殉情，我这颗痴迷的心，
在那里曾经勇敢、自由又真纯，
在那里燃烧……早已烧成灰烬……

但烧毁的心还活着，活在灰里，
过了这么多年，几乎近于窒息。
大概我已耳聋，眼睛也已失明，
或者我的心又聋又瞎已成残疾。

穿过一条条胡同，你走近拱桥，
在那里我们常说明天见，永别了，
一去不返的幸福！我心里清楚：
临终时刻，我必定要回归中国！

1953年5月19日

三个祖国

我出生在安加拉河畔，
那是一条湍急汹涌的河，
我生在六月，六月不冷，
但是我从未感受过炎热。

贝加尔湖女儿陪我玩耍，
像戏弄狗崽儿把我触摸，
刚开始粗暴地给予爱抚，
随后扇一巴掌抛弃了我。

分不清什么是经度纬度，
但机敏的我爱新奇亮色，

没承想流落到丝茶之国，
那里扇子驰名荷花很多。

语言单纯繁复让人着迷，
这么说话该是天堂使者？
我由衷的喜爱绝不搀假，
从此爱上了第二个祖国。

人生的遭遇看来也简单：
忽而是希望忽而是灾祸，
就像在俄罗斯遭受驱逐，
我又被永远赶出了中国。

再次无家可归四处漂泊，
我不得不把剩余的岁月
在巴西的外省乡间度过，
巴西成了我第三个祖国。

这里空气稠密让人压抑，
往昔的歌仿佛都中了魔，
歌声的碎片已毫无意义，
都将随风飘零归于寂灭。

离别中

中国成语“一日三秋”，意思是分别一日好像过了三个秋天。这首十四行诗化用了这句成语，“三秋一夜”——过去了三个秋天，就像过了一个夜晚。

一夜三秋。只有一夜分离——
像过了三个秋天。长度相当。
为什么追求欢乐的春天
硬要把雪花塞到我手上？

我不敢用心灵来做担保，
它痛苦呻吟直到天色昏暗：
透过花瓣看得见雾凇树挂，
鸫鸟的鸣叫声驱不散忧烦。

难道只是一夜？恕我直言，
每个夜晚都等于九十天。
待重逢把痛苦细细诉说：

我们流泪——就这样生活，
似乎注定了秋天延续不绝，
那一夜闪光。三秋一夜。

1973年8月12日

北 京

离地四尺飞行，
我乘坐带篷马车，
穿的不是锦缎，
丝绸衣服轻又薄。

南池子又在眼前，
街道还是森林？
头顶有许多榆树
织就密密浓荫。

这大道直如发[①]，
春夜。大地温暖。
有人正在吟诵
娓娓动听的诗篇。

记不得丝绸衣服，
游人来自远方，
只记得世纪轮转，
疾飞如同翅膀。

留住夜晚香客，
留住梦中的篷车，
看那窗口灯光，
那房子你曾住过。

---

① 这里引用唐朝诗人储光羲（约706—763）诗句。《洛阳道五首献吕四郎中》之三："大道直如发，春日佳气多。五陵贵公子，双双鸣玉珂。"

生　肖

——给伊丽莎白·格里高利耶夫娜·冯·乌里利赫

公鸡和马,猪和兔子,
老虎和蛇,羊和猎犬——
中国人给每年定个标志,
经过了精心挑选与计算。

每个人都有自己的生肖,
这是终生不变的特征:
有些生肖——不爱劳作,
另外一些——心想事成。

有的生肖——威武勇猛,
另外一些——劳累贫穷。
尽管我是出生在牛年,
可是我过得忍气吞声。

按生肖我该孤独任性,
跟产奶的母牛们为伍。
依据历法编排人的高下,
智慧长者是否也犯错误?

【译后记】

20世纪90年代至21世纪初，中国的生肖文化逐渐传播到国外，为各国所接受，有些国家开始发行生肖邮票，出版生肖年历。1989年是蛇年，我在列宁格勒，看到当地出版的年历，上面有汉语“蛇”字，奇怪的是“虫”字在上，“它”字在下，而购买年历者，却对此茫然无知。在他们看来，汉字就像图画。

米哈伊尔·沃林

米哈伊尔·尼古拉耶维奇·沃林(1914—1997),俄罗斯侨民诗人,出生于中国,曾在哈尔滨商业学校学习(1925),后转入基督教青年会学校。他16岁开始发表诗作;1937年移居上海;1949年举家迁往澳大利亚;著有诗集《穿越诗行》(1987)。其抒情诗形式简洁,诗风明快,充满青春活力,极富灵性。诗人热爱俄罗斯,同样热爱中国。

中国吟之一

在宽阔的黄河上空，
西天晚霞深沉又安详。
渔民摇着船尾的橹，
袒露着青铜色的胸膛。

太阳呻吟着，像一条龙
逐渐暗淡的火热目光。
它的歌唱又像是呻吟，
苍茫中有声音传到耳旁：

我们亿万人如同一个，
心如铜铸，皮肤发黄。
到时侯我们会迸发怒吼，
一举带来顷刻间的灭亡！

等着吧，我们还没有苏醒，
等着吧，我们的时代
必定到来，我们是蜜蜂，
在蜂巢中酿蜜，积蓄力量！

中国吟之二

记得香火盆冒出的青烟,
鞭炮的气味,潮湿腐烂,
记得房顶上的瓦整整齐齐,
雾的发绺无力地挂在房檐。

我走进弯弯曲曲的胡同,
呼吸夜的气息,不知疲倦,
从混沌中倾听自发的声音,
回想起古代圣贤的语言。

这就是中国,笨重的水牛
睡醒之前卧在温暖的泥潭。
牛虻飞旋——闪光的蜜蜂……
时辰未到,它不会动弹。

一旦它站起身来崭露头角,
挺直了腰板,放声呐喊,
拜占庭的十字架会倾斜,
一座座摩天大厦簌簌震颤。

【附记】

两首《中国吟》写于20世纪30至40年代,诗人深切同情中国人民遭遇的苦难,相信勤劳如蜜蜂、坚韧似黄牛的中国人必定拥有光明的未来。诗人的超前意识以及预判未来的先见之明令人感动与敬佩。

朋友相会

庙顶上的龙愤怒又痛苦,
龙口大张注视寂静的峡谷。
把冰冷的双手揣进袖筒,
我穿的长棉袍沉重又舒服。

下坡进花园。哦,十月
透明如丝绸蕴含着思念。
我的老朋友马上来相聚,
我跟他三个月没有见面。

我们默默落座,备好笔墨。
啊,心里畅快有无限喜悦,
仿佛神话一般深奥莫测。
融入崇高思想的美好境界,
中国的方块字左右勾连,
只见运笔如飞挥洒书写。

拉苏尔·伽姆扎托夫

拉苏尔·伽姆扎托夫(1923—2003),俄罗斯联邦北高加索地区达吉斯坦自治共和国阿瓦尔族诗人,父亲是诗人,母亲是民歌手。他从少年时期就展现出诗歌创作天赋,尤其擅长创作爱情诗,被人誉为“爱情歌手”。诗集《高空的星辰》获1962年度列宁奖,2003年获总统普京颁发的圣安德烈勋章,被尊称为民族诗人。他的诗歌作品拥有几十种外语版本,为他赢得了国际性的声誉。

中国银针

扎吧,中国银针,
在身体上把穴位选准。
你这千年的蜜蜂,
疗效神奇能治病救人。

我身患七种病症,
大概是由于种种罪孽,
仇人们盼我生病,
求求你为我驱除病魔。

我听说你很神奇,
那我祈求你行善积德,
让我能摆脱忙碌,
让我的心灵趋向平和。

请帮助我的听觉
白天黑夜,任何时刻,
蠢人言语免于入耳,
敏于聆听智者的言说。

可是你,中国银针,
未必能治疗一种创伤,
我无须对你隐瞒,
我遭受了女人的重创。

假如我诗行疲弱，
给我力量，诗笔纵横，
别让诗进入坟墓，
我愿像杜甫那样闻名。

既然你能够救人，
希望国家也得到治疗，
在北京、莫斯科受伤，
能尽快痊愈治好。

银针如千年蜜蜂，
能驱除七种凶神恶煞，
能躲避七个仇人，
中国银针，救救我吧！

【译后记】

1989年我在列宁格勒大学进修期间，曾到莫斯科拜访诗人伽姆扎托夫。他把《爱之书》题词赠送给我留念。2003年我翻译的《伽姆扎托夫爱情诗选》由河北教育出版社出版。伽姆扎托夫对我说过的一段话，令我难忘，始终牢记心间："我知道，中国是一个人口众多的大国，而我们阿瓦尔族则人数很少。不过，诗歌总是超越民族与国家的疆界。中国的古典诗歌早已征服了高加索的崇山峻岭。今天，我得知我的诗也被介绍到中国，我感到由衷的高兴。这说明，诗歌不需要签证，而诗人不需要护照。"

伊戈尔·科博杰夫

伊戈尔·伊万诺维奇·科博杰夫(1924—1986),诗人、评论家,1950年毕业于高尔基文学院。他的主要作品有诗集《荣誉之剑》《莫斯科的天鹅》《笔直的道路》《时刻》等;1960年曾访问中国。他的儿子阿尔焦姆·科博杰夫受父亲影响,热爱中国文化,如今是著名汉学家,多次访问中国。

在紫禁城

据说中国的末代皇帝
至今活着,身体健康。
工资微薄,参加劳动,
跟所有的人过得一样。

在城市的某个公社里
有往昔的“天子”溥仪
平整苗圃,种植玫瑰,
公家的花,不属于自己。

有时任何人都能看见,
溥仪像平民百姓一般,
他游览往日的紫禁城——
那地方曾是皇家宫殿……

游览有皇位的太和殿,
看看那些文物就回家。
他不想重坐皇帝龙椅,
那已经再也不属于他!

假如在那镀金的宫殿,
凑巧我们能偶然相逢,
我可能说:“皇帝同志,
您在这里曾备享尊荣!

现在大概您觉得羞愧，
平民被驱赶躲得远远，
您的生活封闭而隐秘，
藏起珍宝不让百姓看。

很多人无缘参观故宫，
我为那些人感到遗憾——
奇珍异宝,目不暇接，
恰似天堂鸟一样奇幻。

这情景做梦都看不见!
这是超越现实的圣境!
这是想象中的神仙城!
我如何舍得告别故宫?!

这一切都该留给后代!
让他们过得如同皇帝!
这里再不会禁止游览，
想看吗？抽时间就去！……”

金色夜莺

幻想家安徒生杜撰童话，
把装饰钟表的金鸟儿描述，
它生活的国度万分遥远——
在皇帝血红的宫殿里居住……

皇帝本人对这铸造之鸟，
实际上听不见也看不见：
他那些骑马的禁卫武士，
未必能允许他走出宫殿！

我平生就喜欢四处飘泊，
命运赋予我慷慨的馈赠：
在北京皇帝的紫禁城里，
有幸观赏那只金色夜莺！

一伸手触摸到那篇童话，
我相信，它确实与众不同：
不过，面对真正的夜莺，
上发条的金夜莺处于下风！

它的歌并没有多么奇妙！
虽然说婉转，却并不动听！
论音域，不觉宽广辽阔，
并非一下子就能打动心灵！

小时候我们都热衷幻想，

追寻奇迹，爱童话、夜莺，
真实情况，却藏在身边……
只可惜，这一点日后才懂……

1960年，北京

【译后记】

这两首诗的原作，是诗人伊戈尔·科博杰夫的儿子——俄罗斯科学院东方研究所中国部主任阿尔焦姆·科博杰夫寄给我的。1960年诗人科博杰夫应约访问中国，在北京参观故宫，并且见到了溥仪。《在紫禁城》这首诗当中，诗人称呼溥仪为“皇帝同志”，这句话用在溥仪身上最合适，也只能对他一个人这么说，因为中国的末代皇帝被改造成了自食其力的公民。这在世界可谓绝无仅有。俄罗斯帝国的末代皇帝尼古拉二世（1868—1918）下场悲惨，跟溥仪的遭遇不可同日而语。

列昂尼德·切尔卡斯基

列昂尼德·切尔卡斯基(1925—2003),诗人、翻译家,远东研究所研究员,汉语名字车连义,1992年移居以色列。他著有艾青评传《太阳的使者》,徐志摩评传《在梦幻与现实中飞行》;译著有《雨巷》《五更天》《蜀道难》,艾青诗选《太阳的话》等,是享有国际声誉的杰出汉学家。

陆游之歌

充满异国风情的神州，
曾经生活着诗人陆游。

备受呵护，无虑无忧，
逐渐成长的童年陆游。

好学上进的少年陆游，
恰逢国家的多难之秋。

非在天堂，形同流囚，
极端痛苦的诗人陆游。

立下壮志，抗敌复仇，
雄心报国的壮士陆游。

官府下令："困死荒丘！"
不甘屈服的倔强陆游。

"奴隶锁链戴到白头！"
决不弯腰俯就的陆游。

一步步成长意气方遒。
抱负远大的威武陆游。

来到列宁格勒的时候，
怀揣诗词歌赋的陆游。

巧遇叶甫盖尼[1]好朋友，
珍重异域来客的陆游。

“我的诗词由你研究，
平生波澜，风雨春秋，

毫不隐瞒，爱恨情仇，
相信你能够剖析深透。”

跟叶甫盖尼意合情投，
无限信任朋友的陆游。

学者心目当中的陆游，
批判之锋芒犹如洪流。

好朋友理解诗人陆游，
为祖国忧患痛心疾首。

他还发现杰出的陆游，
并非儒生，别有追求……

直到今天，诗人陆游
依然坚持正直的战斗。

---

① 著名汉学家叶甫盖尼·谢列布里雅科夫教授(1928—2012)，担任彼得堡大学东方系汉语教研室主任长达30年，被学界尊称为彼得堡的孔夫子；著有《陆游的生平与创作》，是研究宋词的专家。

祝孟列夫五十大寿

走在冬宫旁边沿河街，
我想为列夫庆祝寿诞。
他的身心都尚且年轻，
他的头发却银丝斑斑。
我祝他五十春秋初度，
只不过是人生的一半。
此刻我有很多话想说，
由于激动却难以言传。

1972年

为汉语老师祝寿二首

1

陶潜曾叹两鬓斑，
杜老八十不言愁，
学生感恩齐庆贺，
欢声笑语祝长寿。

2

文言艰深如密林，
无路可寻陷绝境，
博学杜师来指点，
迷茫混沌见光明。

【附记】

杜日新是教汉语文言文的中国老师,帮助研究生解决了很多疑难问题。杜老师80岁的时候,切尔卡斯基写诗为老师祝寿。

崔莺莺爱慕孟列夫

戏仿元杂剧

张珙(上,白):我,一介贫寒书生,爱慕相国之女。剧作家王实甫成全于我,事情结局圆满,莺莺将成为我妻。

(唱):

哎呀,不料祸从天降——

不知何处来的歹人,

不费吹灰之力,居然

俘获了美女莺莺之心。

(纵身投入莲池自尽)

红娘(婢女,上,白):大事不好!婚礼只剩两日,可小姐写了情书。她说什么,哪怕是杀了她,也决不嫁给张生!她另有所爱!

(唱):

要死要活,不停地哭:

说她只愿嫁给孟列夫!

莺莺(上,白,摇晃状):

哎呀,红娘,红娘,我真烦闷,

替我宽衣松带,我心好苦……

红娘(白):
阿弥陀佛,可怜的小姐,
你梦中又在思念心上人。

莺莺(白):
当他将王实甫的戏曲
仅仅翻译出了一段,
我立刻,立刻明白,
这才是我巧逢奇缘。
他翻译描写我的词句,
浏亮委婉,珍珠一般,
精心保留美妙之处,
有意回避赤裸场面,
他描绘我苗条的身姿……
那张生可有这等手段?

红娘(白):
可今后张生再不是书生,
他已取得通讯院士证,
说明白一点,就是翰林……

莺莺(唱):
普天下孟列夫最聪明!
点上香烛,默许心愿,
多给僧人们散些银钱,
让他们赞颂东方所,
高尚善良的修道院。

红娘(白):
你把玉簪送给了张生,
还曾赠诗吐露心情。

莺莺(唱):
诗和玉簪算得了什么?
此刻我已心如烈火!

红娘(白):
那孟列夫已有家室……

莺莺(唱):
这件事并非他的过失!

红娘(白):
张生热情,肩膀宽阔……

莺莺(唱):
可我的孟郎能言善辩!
他能够从凌晨到傍晚
讲解变文滔滔不绝,
哪怕说上三天三夜,
腹有诗书学识渊博……

红娘(白):
可是那张生青春年少……

莺莺(唱):
青春年少算什么?

我的孟郎更像少年,
在他荣耀的寿诞之日,
红娘,不要把我阻拦。
涅瓦河畔遇见雄狮,
并非总有这样的机缘!

郑老夫人(母,上,白):
我听到人们议论纷纷,
说你莺莺爱慕孟列夫。
你若是想跟他成亲,
除却那月亮不再出来。
并非由于那厮太坏,
而是两个人不同时代。
(莺莺为爱而气绝身亡)

合唱队(唱):
超越千年岁月与废墟,
莺莺向孟列夫倾诉爱意……
晚辈们,记住民间话语:
译笔传神能创造奇迹!

1976年2月

【译后记】

1989年我在列宁格勒大学进修期间,于当年10月到莫斯科拜访诗人与学者,见到了列昂尼德·切尔卡斯基。他赠送我两本书做纪念:一本是《蜀道难——50至80年代中国诗选》;另一本是艾青诗选《太阳的话》。两本书都题写了赠言,加盖了汉语图章“车连义”,这是诗人的汉语名字。苏联解体后,1992年切尔卡斯基移居以色列，在耶路撒冷大学任教。他出版的最后一本书《愿与根荄连——一位东方学家的独白》，是李福清先生写信，让切尔卡斯基的女儿卡佳寄给我的。诗句“愿与根荄连”出自曹植的《吁嗟篇》。这里翻译的几首诗，都选自这本书。因此感谢切尔卡斯基和他的女儿卡佳，感谢对我多有帮助的李福清先生。

马克·梁铎

马克·梁铎(1931—2020),诗人、哲学家;出生于莫斯科,毕业于喀山大学地质系,在莫斯科旅游局任职多年。他热爱中国诗歌与文化,出版有《北方人或七个梦》《曙光中的阿尔法》等诗集,在多种杂志发表诗歌、散文和随笔。

我的中国(组诗6首)

1 想念中国9世纪诗人司空图[1]

耳畔萦绕我们的朋友佛教信徒鲍里斯·格列宾希科夫的歌谣,双眼望遥远的东方,我陷入沉思,遥想司空图:有无可能悄悄地去往古老中国的某个地方?脑海里浮现出一首诗,接着又一首……开端当然以“阴”的形象起头:一步一步,走进俄罗斯抒情诗,即便略微带有汉语诗的音韵色彩!……

一丝银线连接着幽暗与光明
迢迢远方湖水映出一双眼睛……
哦,多想生在中国成为诗人
白居易[2],渴望瞬间梦想成真!

站在令人神往的这古老中国,
轻盈的宝塔耸立在宫殿前面,
蓝色瓷屏风上鸟儿列队飞翔,
那是王子的信使翱翔的大雁。

宫廷的大臣和随从成群结队,
窗边的王妃身穿丝绸的盛装。

① 司空图(837—908),晚唐诗人、诗论家,著有《诗品》。

② 白居易(772—846),中唐诗人,关注社会现实,提倡新乐府运动,代表作有《卖炭翁》《琵琶行》《长恨歌》。

她举止从容犹如仙鹤般优雅，
发髻华美是那样的端庄安详。

2　在阿拉山[①]

繁复的礼节使我心烦，想迈开脚步
走进深山，看远方起伏的森林，
看雪松下隐居者矮小的茅屋，
拜访有才华的画家与诗人……

2019年12月2日

3　我们散步、聊天……

我们在森林、草地上散步，沿着湖岸上的山坡徘徊，讲故事，或者唱歌！手中的笔挥洒如风，画山、画水、画云，观察这些风景，如凝视手掌上的线条纹路。或者在纸上画某个朝圣者，回想古代的画家——他们曾经陪伴我们，可惜悄悄地走了，像梦一样……

我们在上方画云雾中的城堡，
下边铺满霞光的湖水有倒影。
我们蔑视公爵的那些交际花，
还有她们穿皮衣的跟班随从！

回忆大诗人陶潜，我们感叹，
这张花卉图似他寄赠的礼物：
数也数不清的蝴蝶翩翩飞舞，

---

① 诗人马克·梁铎心目中的阿拉山，就是陶渊明居住的庐山。

落英缤纷的道路上酒香弥漫！

4　我们是什么人？

我们怎么会来到凹凸不平的自然界？山山水水可记得我们？我们践踏青草，驱车奔驰，行迹匆匆……因各种异味或看不见的微生物而痛苦不堪……面对浩瀚的宇宙我们何其渺小！何苦不断追逐？停下来吧！用心想一想，你该追求什么？

星空宇宙人生意义何在？
不过是风中的蛛丝阴影！
但在阿拉山听友人唱歌，
立刻扩展了世界的恢宏！……

既没有蜡烛也没有烛台
万籁俱寂不见古老雪松——
唯独能够听见道的声音，
这里的原野不见人影儿……

5　在霞光中徘徊……

你看这位大画家的绘画！看这些孔雀，浅红嫩绿，犹如初生蝴蝶的羽翼，又像你想象中的微薄透明的云霓！你看那升起在田野上空，在很多天线杆上空的七彩长虹，那是童年梦中的彩虹，来自另一个世界的彩虹！你看它在万物之上，或远或近闪烁着不息的光芒，这就是在古代中国向“阳”飘浮的“阴”，这阴阳的闪光将长存久远！

看那边海上波涛汹涌，
海上仙女哭笑着呼唤，

她在招引你阿德莱德,
晚霞中的星金光灿烂!

微光,明暗交织闪亮,
眼睛里有微笑有悲戚,
生为诗人却命运坎坷
风雪弥漫中的白居易。

1994年12月

6 效仿王维

我还要仿效王维,把这些诗寄给自己的朋友——隐居在巴黎近郊的山洞中的作家尼古拉·鲍科夫。

在巴黎近郊山洞中坐在鲍科夫身边
仿效唐诗风格

请下马,喝杯酒,先生!
王维重复道:世间皆虚荣!
既然死亡之门永远敞开,
我们的追逐岂非全是幻影?

先生,秋季的天空高远,
告别的时刻已经来临。
看来永世飘荡不绝如缕,
只有空中舒卷的白云……

1996年

【译后记】

从2019年1月开始，我认识了莫斯科学者伊戈尔·布尔东诺夫，后来伊戈尔介绍我认识了他的好朋友、诗人马克·梁铎。我跟马克·梁铎先生也有书信来往。令人痛惜的是2020年6月9日马克·梁铎先生不幸去世，享年90岁。重读老先生留下的这几首诗的译文，可寄托缅怀悼念之情，感受诗人对中国文化的喜爱与向往。

罗伯特·罗日杰斯特文斯基

罗伯特·伊万诺维奇·罗日杰斯特文斯基(1932—1994),俄罗斯大声疾呼派诗人,与叶甫图申科齐名,一生出版了几十部诗集,如《春之旗》《致同龄人》《爱之歌》《心灵的雷达》《一切始于爱情》等。1979年,他的诗集《城市之声》和长诗《二百一十步》荣获苏联国家奖。他关注重大的社会问题,诗作题材广泛,感情充沛,意境开阔,成为大声疾呼派的代表性作品。

雪

——和新加坡诗人高伯欣之子七岁男孩儿嘉善谈论雪

大海使嘉善腻了。
可他是个
　　　　认真的孩子。
想透彻了解
世界的各种秘密——
说话用请求的口吻：
“请您谈谈雪吧！
我画过雪，
　　　　可是画不成。
我怎么也弄不明白……
雪——
　　　可像冰激凌？”

“有点儿相像……”

“不可能！……”
“为什么不可能？
想想看，
　　　　你该相信这种奇迹：
在我们莫斯科，
每年冬季，
冰激凌撒遍大地——

街道、

　　草坪、

　　　　树木、

　　　　　　楼顶，

任何一个院落，

随便一处门前。

让所有的女孩儿和男孩儿

　　　　　　　　　　快活。

让动物园里的动物

　　　　　　　　高兴。

在我们那里

就用‘雪’这个字眼儿

为这冰激凌命名。

全国都盼望

　　　　下雪……

冰激凌

　　来自天空。

铺天盖地，

童话里才有这般情景。

雪

　愿意和行人交朋友，

发出轻轻的，轻轻的

　　　　　　　　沙沙声……”

“这样的冰激凌甜不甜？……”

“甜。很甜。

甜得

　　无法形容……”

和我交谈的小伙伴沉默了。
他遥望着
　　　　神秘的天际……
“你们真幸运……”
说着叹了一口气。

“有的时候幸运，”
我表示同意。

【译后记】

我跟诗人罗日杰斯特文斯基有一面之缘，在莫斯科曾到作家协会拜访他，并合影留念，这首诗译自诗人赠送的诗集。

丽玛·卡扎科娃

丽玛·费奥德罗夫娜·卡扎科娃(1932—2008),俄罗斯大声疾呼派女诗人,1955年开始发表诗歌作品。她的创作题材广泛,关注社会生活,具有公民精神,追求光明、幸福和美好的理想,尤其擅长写爱情诗,表现女性的敏感、温柔、坚韧,极具个性与特色。她的主要作品有诗集《相会在东方》《绿色的云杉》《雪人》《我记得》等。

来自中国的女友

1

我跟你还不认识，
但是我渴望和你相逢。
我知道：你可亲近，
血统不同，心灵相通。

在俄罗斯，在中国
共同的心愿神圣
让我们再次相会，
相会在充满爱的国境。

和声：

来自上海的女友，
什么样的笑貌音容？
你像桃花一般灿烂，
天生一双黑眼睛……

来自北京的女友，
我们的心暗自交融。
我喜欢你呀，喜欢，
我向你倾诉真情！

2

我们在未来的岁月
一道建设新的世界。
我和你都需要友谊，
让这友谊保持永恒！

战火连连血染大地，
世界再不能有战争！
我希望我们的子孙，
能享受幸福和爱情。

和声：

来自上海的女友，
什么样的笑貌音容？
你像桃花一般灿烂，
天生一双黑眼睛……

来自北京的女友，
我们的心暗自交融。
我喜欢你呀，喜欢，
我向你倾诉真情！

2006年9月9日

【译后记】

1989年我在列宁格勒大学进修期间,曾到莫斯科拜访诗人丽玛·卡扎科娃。她的住宅在无神巷,这地名很好记。我去进修之前曾跟高莽老师通电话,他告诉我,卡扎科娃会唱中国国歌,还会背诵毛主席诗词。见面时我跟她提起这些,她果然哼唱起中国国歌的曲调,并用俄语朗诵了"天高云淡,望断南飞雁"。诗人的超强记忆力令人佩服。2006年8月北京举办国际书展,北京外国语大学李英男老师事前告诉我消息,约请我去北京,配合卡扎科娃一起朗诵诗歌。《中国女友》这首诗的原作,就是李老师寄给我的。当时北京大学俄语系召开了欢迎俄罗斯代表团的会议,作为代表团团长的丽玛·卡扎科娃当场朗诵了《中国女友》这首诗,我随即朗读了汉语译文,赢得了与会者的热烈掌声,那场面至今难忘。

亚历山大·库什涅尔

亚历山大·谢苗诺维奇·库什涅尔，1936年出生于列宁格勒，毕业于师范学院，多年担任中学教师；后辞去教职，成为专业诗人。他出版有《声音》《白日梦》《活篱笆》《深夜的音乐》《幽暗的星辰》《灌木》等多部诗集。1996年诗人获俄罗斯联邦国家奖，2002年获国家普希金奖，2005年获得刚刚设立的民族“诗人”大奖，是俄罗斯诗坛公认的优秀诗人；2015年荣获中国青海湖国际诗歌节金藏羚羊奖。

中国长城

伟大的中国墙，中国长城，
没想到有一天我会看见你，
没想到这城墙那么多台阶，
我们曾细心观赏罗马与巴黎，
已故的库兹明[1]曾多次说过，
到过克里特[2]，甚至远游埃及，
不料只有我一个人登上长城，
我的前辈呀，实在对不起。

长城像看不到尽头的长廊，
两排城垛并行如自然生长，
还是那样的云，那样的山，
长城如天造地设融合于自然，
沿山势扶摇向上，跨越山巅，
又缓缓下行，以便继续向上，
再攀上另一处高峰，让内心
坚定威严的旋律得以宣扬。

我回想起我们的优秀诗人[3]
曾申请随使团访问中国：

---

① 库兹明（1872—1936），俄罗斯白银时代诗人。

② 指克里特岛，现属于希腊。

③ 此处指普希金（1799—1837），他曾向沙皇提出申请跟随东正教使团访问中国，遭到拒绝。

既然去不成巴黎,就去看
中国长城,不料竟遭拒绝!
他在自己的国家心情郁闷,
手扶石墙,想必给予赞颂,
躲避在这石头城墙后边,
或许能获得片刻的宁静。

访问北京

访问北京跟夏天在别墅
平静的生活当然有所不同,
可是我怎么能犹豫不决?
不容选择,我必须启程!

看见了北京,看见了西藏,
北京的天坛,西藏的天空,
空中的白云,尾随着羊群
在山间的光影中缓缓移动。

维里察[1]的蝴蝶有亮丽花纹,
比宝塔更美,形象如此鲜明,
蝴蝶向游客飞舞,轻捷欢快,
料李白、杜甫理解我的心情。

---

① 维里察,距离圣彼得堡60俄里,那里有诗人库什涅尔的别墅,每年他都在那里度过夏天。2015年诗人应约访问北京和青海,荣获青海湖国际诗歌节的金藏羚羊奖。

摩天楼

纽约有摩天大楼，
北京更需要这种建筑。
它有近三千万人口，
正盖摩天楼给平民居住。

这里的高楼耸立，
仿佛锃亮的石笋森林。
在此我算领悟了“进步”
这个词的所谓底蕴。

摩天大楼越盖越高，
开辟了万千朝天的窗户。
或许吉卜林[①]说得不对，
西方与东方也有交汇处。

小火车

你见过吗，这样的小火车，
两节车厢，有很多车轮，
用不着铁轨和列车时刻表，
半像玩具，请不必当真，

---

① 吉卜林(1865—1936)，英国作家、诗人，1907年获得诺贝尔文学奖。他说过：东方是东方，西方是西方，永远没有交汇处。

坐在没有玻璃窗的车厢里，
像坐在凉台上，列车运行，
这有湖泊的花园，这天堂，
这些宝塔不知道痛苦不幸。

真想坐小火车，终点与起点
相互衔接。绕着圈子行驶，
我们看到了什么？生与死
彼此靠近，想必就是其本质：
生不凶险，死也不恐惧。
谁料到中国行竟获此启迪？
似乎生活只向中国人和孩子
展开它的胸怀透露奥秘。

【译后记】

我跟诗人库什涅尔有过一面之缘。1988年11月到列宁格勒大学进修，住处安顿下来不久，去列宁格勒作家协会跟几位作家、诗人见面，当时认识了库什涅尔，我跟他说自己翻译诗歌，他当即送给我一本刚出版的诗集《活篱笆》。2015年8月他获得中国青海湖国际诗歌节金藏羚羊奖。恰巧那一年《中西诗歌》杂志刊载了我翻译的库什涅尔30多首诗，还有一篇文章《在困境中寻求出路》。这家杂志的主编黄礼孩先生给我来电话问是否去青海参加颁奖会议，我说去不了，但拜托他带一本杂志给诗人。黄礼孩先生把那本杂志送给了诗人，还拍了一张照片寄给我保存。这里翻译的几首诗原载俄罗斯《涅瓦》杂志2016年第1期。

蓉娜·莫里茨

蓉娜·彼得罗夫娜·莫里茨,1937年出生于基辅一犹太人家庭,俄罗斯诗人、翻译家,也为孩子们写作儿童诗,出生于基辅一犹太人家庭,4岁开始写诗,很早成名。她出版有诗集《蓝色火焰》《第三只眼睛》《面孔》等,赞赏唐朝诗人王维的诗,关注中国文化。

中　国

中国不会崩溃，它是
另一种文明！……中国
叫人吃惊，它将抵达顶峰，
不过，它还会发生变化，
一直在变，变得与众不同，
却不会掉进他人的陷阱。

不同的才能，稍有不同，
毕竟不同，并非偷盗本领
伪装的本领，左脚与右脚——
毕竟两只脚，有所不同！……
中国人，不是别人的榜样，
却不会掉进他人的陷阱。

毕竟不同！中国就是中国。
我阅读中国的诗歌，
王维的诗让我情有独钟……
中国与众不同不会崩溃，
它不像别人一条腿走路，
双腿走路，它走得从容。

读王维诗

春天，弯曲的梅花
绽放在窗户前面，
漂泊的中国诗人
静夜中把梅花思念。

诗人用手托着面颊，
他的目光深邃悠远——
大地与江河上空，
飞扬着他的诗篇。

梅花上空澄澈透明，
像梦境一般虚幻，
诗僧仪表年轻英俊
一直在徘徊流连。

弯曲的梅花绽放，
簌簌地颤抖着花瓣……
在他的诗国中做客，
为此我梦绕魂牵。

根纳季·施拉普诺夫

根纳季·谢苗诺维奇·施拉普诺夫，俄罗斯诗人，1938年出生于符拉迪沃斯托克，1963年毕业于国立远东大学历史系；任《国际生态与安全》杂志主编，国际生态与生命安全科学研究院院士。他热爱中国文化，推崇中国古代哲学与文学，多次访问中国；著有俄汉英三语对照诗集《情感生态》（世界知识出版社，2008）、《瞬间与永恒》（莫斯科，2018）；2009年获得世界艾特玛托夫文学奖俄语诗歌贡献奖金质奖章。

遥想孔夫子

我们从山巅遥望神奇霞光，
聆听江河波浪喧响……
有他，有我，有你！
为纯美的缔造者奏响颂歌，
啊，看不够的世纪……
有他，有我，有你！
伦理、孝敬——胜过虚荣，
道德值得我们推崇……
有他，有我，有你！
提倡善良，且勿傲慢、妒忌，
我们相信总有一天……
有他，有我，有你！
智慧的主宰者，消除贫困，
平民百姓拥戴他们……
有他，有我，有你！
千年万载人们都盼望青天，
我们祈祷，我们期盼……
有他，有我，有你！
万一天才的理想难以实现，
如猛犸象，我们毁灭……
有他，有我，有你！

2011年11月，莫斯科

鹤鸣山巧遇哲学大师老子

巴黎、纽约、青岛在天涯喧哗……
这里，山峦宁静，土地温和，
还有月光，神圣的道教文化，
他就在身边……白鹤为我们唱歌。

多么奇妙啊，天人合一，
啊，精神与心灵和谐，
愿天下各民族友好相处，
编织花冠敬献给预言者。

愿棕榈、白桦与松树
在我们地球上繁茂生长，
愿我们欣逢千年之春，
沐浴阴与阳的幸运星光。

溶溶月色，山峦，白鹤……
“工作顺利！”他笑着说。

2012年6月27日至7月6日

来自俄罗斯的爱

——献给8世纪中国大诗人李白

诗人李白,以诗赞颂美。
他成长在遥远的蜀地,
我恳求明月向诗人传达
对他发自内心的敬意。

大诗人当中,他数第一,
用天纵之笔谱写心曲。
诗人的心,贯注于永恒,
他从来不知何谓恐惧。

道家的庙宇在深山屹立,
月洒银辉,万籁俱寂,
李白——中国人的心灵,
翱翔云端,碧空千里!……

2009年5月,莫斯科

献给8世纪中国大诗人杜甫

作为古老家族的后裔，
漂泊流浪于峡谷山川。
了解平民百姓的艰辛，
忧思织进了精美诗篇。

美妙绝伦的神奇诗句，
展翅飞腾，传之久远。
诗中真情亲切而质朴，
人生劫难，引发悲叹。

诗人、伟大的思想家，
你的天才无愧于桂冠。
悠悠江河是您的居所，
一条小船是您的宫殿！

2009年7月，莫斯科

感谢画家

——献给20世纪中国大画家齐白石

齐白石的画充满智慧、灵性，
愉悦眼睛，净化我们的心灵。

看那枝头小鸟，看那蜻蜓，
眼前一亮，心中充满感动。

画出的虾，泪水一般透明，
见所未见，心中暖意融融。

为眼的喜悦，为心的感动，
感谢大画家，齐白石先生！

1992年9月，符拉迪沃斯托克

伟大的传承

——献给20世纪伟大的中国画家徐悲鸿

当他还是少年时，
曾备尝艰辛，
但累累果实来自

天才与勤奋。

拥有博大的胸襟，
作画如写诗……
文坛泰斗泰戈尔
称他为大师。

圣人老子、孔夫子，
伟大的传承……
像雄狮蔑视毒蛇，
他爱憎分明。

他是俄罗斯之友，
也是爱国者。
爱祖国爱得深切，
是全民楷模。

北京纪念馆，傍晚
瞻仰徐悲鸿……
国画《奔马》寓深意，
愿中国飞腾！

2003年3月，北京

郭沫若

郭沫若的创作思想，
清新，如早晨一样。

“天上的街市”夜空闪亮，
“女神”感受爱抚的阳光……

还有“地球，我的母亲！”
诗的本意在歌颂人民，
即便读译文也温暖人心，
几十年岁月已成往昔……
世纪不断更新……

可人们终将记住，
诗人辛勤的耕耘！

2012年8月9至8月12日，北京

徐志摩

知识分子，高贵的爱美者，
热爱你的有万千读者。
读者爱你崭新脱俗的诗风，
总能展现卓越的才情。

仙女告别了潺潺小溪，
高高地飞翔在云端，
你在飞行中遇难丧命，
这结局实在悲惨……

然而，伴随溶溶月光，

你在九霄云外翱翔，
中国诗让你呼吸舒畅！

2012年8月15日，北京

母亲山

山东省乳山市有座山叫乳山

“乳山”——慈爱的山。
看，从远处就能够望见。
记住，世间只有这一座——
善良、智慧的母爱之山。

她目送晚霞，迎接朝辉，
太阳照耀她已有千万年。
远方的大海闪烁着银光，
人们走向这座伟大的山。

我也前来向她虔诚朝拜，
我更加充实，也更达观。
为普天下亿万人民祝福，
“乳山”是座神奇的山。

我跟你相见，感谢命运，
一颗心奉献在你的面前。
朋友，快来拜谒母亲山，

你也会更加富裕更达观。

老年人健康，儿童欢笑，
全都感谢你呀，母亲山！

2008年5月，山东乳山

【译后记】

2012年8月18日，经中国科学院外国文学研究所李俊升博士介绍，我认识了俄罗斯学者根纳季·施拉普诺夫。当时他送给我一本装帧豪华的诗集《情感生态》，并邀请我翻译他的另一本诗集《瞬间与永恒》。这本书包含200多首哲理格言诗，我和李俊升把他的诗译成了汉语。他请其他译者又译成了英语，请刘文飞教授撰写了序言。这本俄汉英三种语言对照的诗集，2018年在莫斯科正式出版，图文并茂，装帧考究。可我估计不会有太多读者，过于精美的图书，适于收藏，却不便于阅读浏览。

根纳季·鲍勃罗夫

根纳季·鲍勃罗夫，俄罗斯诗人，出生于1938年；1966年毕业于教育学院，教授历史和社会科学，曾任报纸《哈巴罗夫斯克边疆区》主编；自2003年以来，一直生活在莫斯科地区。

我的中文

冬天，苦于无事可做，
仰面躺着，露出喉结，
从书店买了识字课本，
学中文，我开始自学。

书中的一切都很明白，
嘴里的舌头没有骨头，
可是真要说起中文来，
拙嘴笨舌吃尽了苦头。

一行行汉字如同篱笆，
在我看来纯粹是梦呓，
有些意思我似乎明白，
大脑留下了些许痕迹。

书写汉字像填字游戏，
不懂规则，想不明白，
一点一横，怎么安排，
昏头涨脑在丛林徘徊。

逐渐记住了一些词句，
日复一日，坚持学习，
这本小册子学到末尾，
看来取得了一点成绩。

我学会了十来个短句，
稀里糊涂，记在心里，
我去“说汉语的”菜市场，
想炫耀一番个人的能力。

我走到一个商贩跟前，
跟他说话，卖弄学问，
话刚出口，已经明白：
中国人不懂我的中文。

尽管自学他们的语言，
他们听不懂我说的话，
要想跟他们对话交谈，
我这个傻瓜就像哑巴。

2006年2月11日

维雅切斯拉夫·库普利亚诺夫

维雅切斯拉夫·库普利亚诺夫，俄罗斯诗人，1939年出生于新西伯利亚。1967年毕业于莫斯科外语学院。他的第一部译诗集，翻译了荷尔德林、诺瓦里斯、里尔克和惠特曼等人的诗作。他还翻译过德、奥、英、美、瑞典等国的诗歌。他出版有诗集《生活在行走》《家庭作业》《回声》等作品有40多种外语译本，曾获布宁奖(2010)。他曾多次来中国访问。现居莫斯科。

李白的传说

须发皆白的老者，
去捞水中的明月。
千百个银色月亮
在远方水中闪烁。

月亮如冰凌破碎，
穿过手指缝流走，
颤抖的江水喧哗，
老人的手在颤抖。

通向月亮路遥远，
并非老者的过错，
老人家长久失眠，
再说酒喝得太多。

老人沉入了江底，
进入父辈的国度。
欺骗了智慧长者，
月亮在空中飘浮。

1962年

中国主题

静止的
风景
难以写进
诗行

风
从山上吹来

我沉入
江海

抓住毛笔
融化在
空中

诗　人

往昔的中国有些诗人，
写作为了崇高的永恒，
倾全力写出高雅之作，
这被诗人们视为使命。

他们之间有书信往来，

其中涉及朋友的体验，
回忆当中有惊人妙句，
天不灭绝当世代流传。

相互的关切细水长流。
书案的呈文路途悠长，
习惯的举止统统抛弃，
再次展现出柔中带刚。

用手杖在土路上书写，
有时搁笔，有时弹琴……
当我们能够坦诚相待，
他们也会来寻访我们！

2003年

【译后记】

经莫斯科记者李翠文介绍，我认识了诗人库普利亚诺夫，从2019年11月开始与他通信，翻译他的诗，遇到疑难问题向他咨询求教，每次都得到答复与解释。他是一位令人敬重的朋友。

约瑟夫·布罗茨基

约瑟夫·布罗茨基(1940—1996),出生于列宁格勒一个犹太人家庭;由于酷爱写诗,在国外发表诗歌,被当局视为异端,1964年因“不劳而获的寄生虫”罪名被判流放;1972年被驱逐出境,后定居美国;1987年获得诺贝尔文学奖。他出版的诗集有《长诗和短诗》《荒漠中的停留》《美好时代的终结》《言辞的片断》《罗马哀歌》《1962—1989诗选》等。1993年,俄罗斯宣布恢复其国籍。他的诗继承了“白银时代”诗歌传统,又借鉴了英国玄学派诗歌,最终形成了冷静与沉思的风格。他受阿赫玛托娃影响,喜欢中国文学和诗歌,学过汉语,翻译过唐朝诗人李白、王维、孟浩然等人的诗歌作品。

给玛·巴

亲爱的,今天很晚我才走出家门,
想呼吸从海洋吹来的新鲜空气。
从公园里看晚霞形状似中国折扇,
云团滚动仿佛一架钢琴的盖子。

二十五年前你喜欢赞美和红枣,
在画册上画水墨画,偶尔歌唱,
陪我玩;后来欣赏化学工程师,
从信件判断,头脑迟钝不太正常。

如今在外省或都市的教堂,在追悼会
连续不断悼念朋友的场合都能见到你,
我很庆幸,我跟你之间存在着
相隔万里不可思议的遥远距离。

别误解我的意思。跟你的声音、身体、
名字,再没有任何关系,毫无损害,
但不得不忘却那段痛彻心扉的经历,
换一种活法。我体验过这样的失败。

你很幸运:除了照片,哪里能让你
没有皱纹,永葆青春、开朗、微笑?
时间与记忆碰撞,深知个人无能为力。

我在昏暗中抽烟，伴随海洋落潮呼吸。

1989年

【附记】

玛·巴，是玛丽安娜·巴斯曼诺娃(1938—)的简称。她是自学成才的画家，约瑟夫·布罗茨基的初恋女友，两人曾同居，生有一子。后来玛丽娅移情别恋，爱上了化学工程师，也是诗人的博贝舍夫(1936—)，1964年与布罗茨基分手。那是诗人生活中最暗淡的一段经历。女友的背叛给布罗茨基带来了难以愈合的伤口。25年后，他写这首诗，有回忆、有愤懑、有责备、有嘲讽，有爱有恨，总之是剪不断、理还乱、终生难忘的复杂情感。

明朝书信

1

“自夜莺飞出鸟笼，快要十三年。
皇帝用罪犯裁缝的血冲服药丸，
他仰卧在靠枕，望着黑夜出神，
上好自鸣钟的发条，昏昏沉沉，
渐渐沉入了歌舞升平的美梦。
如今在天子京城年年都强颜欢庆。
能抚平皱纹的明镜越来越受珍惜。
我们的小花园却日渐荒芜凋敝。
天空，像病人的肩胛骨和后脑勺
(我们仅能望其背影)，扎满了长矛。

有时候我为皇太子解释天象。
可他只晓得开玩笑有点儿荒唐。
郎君啊,这封信来自你的‘野雁’,
用水墨写在皇后赏赐的信笺,
仁慈的皇后常有恩赐,待我很好。
不知何故纸越来越多,米越来越少。”

2

“有句成语:千里之行,始于足下。
可惜返乡路程并不取决于这句话,
相隔距离遥远,何止千里、万里,
而每次你都必须从‘零’算起。
不管一千里也好,两千里也罢,
千里就意味着此刻你远在天涯,
指望数字没有用,更何况是‘零’,
那些数字无异于有害的传染病。
风向西吹,一直吹到了长城边,
像豆荚胀裂黄豆粒四处迸散。
人在长城上似象形文字那样可怕,
像其他潦草字迹叫人心乱如麻。
风朝一个方向吹使我改变模样,
我像马的脸,竟然被越拉越长。
野燕麦晒干的麦穗磨擦着身体,
我耗尽了残存的一点点气力。”

1977年

【附记】

布罗茨基的《明朝书信》写于1977年，借助安徒生童话、中国历史、想象、虚构和自身的坎坷经历，创作了一首内涵复杂、具有象征寓意的作品。国内学者解读，多不到位。有人以为这是两个官员的通信。其实留在宫廷的"野雁"和发配去修长城的"夜莺"是恋人关系。前一封信，是女性口吻，后一封信，则为男子手笔。诗中出场的人物有双重身份，或者戴着多重面具。明朝皇帝，也是安徒生童话《皇帝的新衣》当中的主角，他发现上当受骗后，便出手惩罚裁缝，用他们的血做药引子来服药。"夜莺"，原来是宫廷中的侍卫，因追求"野雁"，被逐出皇宫去修筑长城。"野雁"，是宫中女官，为皇太子解说天象，也是不想出国的女画家，就是布罗茨基的情人玛丽安娜·巴斯曼诺娃。"夜莺"，是触犯法规的罪犯，也是曾被关进精神病院的诗人，是被驱出国境的异端诗人。诗中的长城也是一种隐喻，暗指德国的柏林墙。风向西吹，把"夜莺"吹到长城边，并且改变了他的模样，也改变了他的身份，他成了流亡者和漂泊者，从此有国难回。这首诗原作结构严谨，前后两首诗为相互对应的两个部分，各由16行诗构成，诗句押韵，韵式为aa bb cc dd，这些特点都在译作中给予传达与再现。

蝴蝶(组诗14首)

1

能否说：你已死亡？
只活了一个昼夜。
造物主嗜好戏谑，
隐含着无限的悲伤！
未必能说"你活过"；
从你降生于尘世
到落进我手心里
只有短暂一天存活，

你让我陷入了困惑，
伸出手指数一数，
性命竟那么短促，
未超出一天的边界。

2

显然，在我们看来
日子，都是虚空，
充其量是个零。
谁也不能把它们拆开，
不能愉悦我们的眼睛：
在白茫茫的境域里，
看不见日子的形体，
看不见任何物体形影。
或许，日子就像是你，
像蝴蝶娇小的翅膀，
日子凝缩后的图样，
蝴蝶是它的十分之一。

3

可否说，你根本不存在？
可是，我的手心里
为什么这生灵像你？
如此美丽多姿又多彩——
这并非虚无的果实。
是听取什么人的提醒，
呈现如此迷人的姿容？

反倒让我心生怀疑，
既然我废话连篇，
毫无色彩，平淡无奇，
倒不如默想沉思，
憧憬美妙色彩的斑斓。

4

在你娇小的羽翅上，
有眼珠儿，有睫毛——
有美女，有小鸟儿，——
如什么人的片断画像，
告诉我，是谁的素描？
什么人飞行的留影？
你说，是谁穿越时空
偶然偷窥你的容貌，
暗中描摹你的美丽：
像静物写生，像水果？
像烹调的鱼端上餐桌，
像翻转对称的徽章图饰。

5

可能，你是——风景，
我把放大镜拿在手里，
为看得仔细，看仙女，
看舞蹈者，看神灵。
看那里是否明亮如白昼？
忧伤是否像夜晚黑漆漆？

看那里高高的天宇，
光亮璀璨的是哪颗星斗？
看夜空有谁的身影？
请你告诉我说，
那闪光的星座，
究竟是如何形成？

6

我正在思索:你——
你是星星,是面孔，
多种形象变化无穷，
这就是你的标志。
你是那个珠宝匠，
无忧无虑展开眉宇，
从大千世界里提取
小巧精美的图样，
把我们引向疯狂，
让我们身陷物欲，
为物质享受痴迷，
这是不是你的向往？

7

这些花纹,你说，
如此色彩斑斓，
可惜你在湖畔，
只能有一天存活，
那水银般的明镜

岂能把空间保存?
时机只短短一瞬,
注定你希望落空,
落入猎获者手中,
在巴掌里面抖颤,
追逐了短暂瞬间,
吸引人的眼睛。

8

你回避我的询问,
并非是由于
腼腆或妒忌,
生气也不是原因,
然后,你就死去。
无论死或生,
每一个生灵,
上帝都授予权利,
赋予它一种方式,
交往,歌唱:
把短暂延长,
一天或一个小时。

9

可是你连这种权利,
也已被剥夺。
严肃地来说,
或许这反倒更适宜:

既然你一度在天堂，
不曾借贷欠债。
莫如放宽胸怀，
你的一生你的分量，
有资格默不出声：
声音也是负担。
你无形如同时间，
你比时间更加沉静。

10

从未体验过惊恐，
临终不知恐怖，
轻若尘埃飞舞，
盘旋在花坛上空，
远离人间的牢笼，
狱中气息压抑，
未来联结往昔，
摧残我们的人生，
当你飞向草坪，
有意寻觅饮食，
你四周的空气，
改变着你的体形。

11

一支笔这样书写，
在纸上迅疾划过，
随意涂抹练习册，

写什么却不晓得，
不知诗行的命运，
智慧掺杂邪说，
两者相互混合，
执笔手值得信任，
手指的言语无声，
无须采集花粉，
卸下肩头重任，
让心情感受轻松。

12

蝴蝶竟如此美丽，
生存这般短暂，
说来有些荒诞，
幻化成一个哑谜：
造物主创造世界，
其实没有目的，
假如真有目的，
并非为我们而设。
人类不是蝴蝶，
有人把蝴蝶收藏
没有针刺透阳光，
也难把黑暗探测。

13

有人向你“告别”，
仿佛昼夜消逝？

有些人的记忆、
判断,随时忘却;
然而会遭遇麻烦:
总有一些隐忧
就在他们背后,
他们的每日每天
不需要双人床垫,
带来痛苦的并非,
回忆往昔与昏睡——
而是蝴蝶状的云团!

14

你毕竟胜过虚无。
确切说,离得近,
形象更清晰更真。
你跟虚无是亲属。
你毕竟接近虚幻。
你曾飞舞迁徙
并获得了形体;
构成了一段因缘——
你在喧嚣的白天,
像轻柔的帘幕,
引起视线关注,
处在我和虚无之间。

1972年

【附记】

庄子主张“恬淡寂寞,虚无无为”(见《庄子·外篇·刻意》)。布罗茨基的组诗《蝴蝶》涉及生存与虚无的关系,与庄子思想有内在的呼应。诗人认为,生存短暂而美丽轻盈的蝴蝶,处在诗人与虚无之间,引发抒情主人公的哲理思考。蝴蝶虽然短命,但超脱于尘世生活的绝望以及对监狱牢笼的恐惧。蝴蝶羽翅美轮美奂的图形变幻,与诗人灵感来临时诗歌构思飘忽不定旋生旋灭有相似之处。在布罗茨基看来,生命的价值不在于短暂或长久,而在于能否释放出生命的奇异光彩。短命的蝴蝶,可以在诗行里复活,天才的诗人、音乐家、艺术家若能克服心理障碍,获得精神自由,就能滋生出蝴蝶的轻盈翅膀,让自己的艺术创作超凡脱俗,飞舞蹁跹,传之久远。

伊戈尔·冯菲里特

伊戈尔·阿南尼耶维奇·冯菲里特，俄罗斯诗人、学者，1940年出生于阿穆尔州斯沃博德内市，毕业于布拉戈维申斯克国立医学院，生物学博士；曾在母校和布拉戈维申斯克国立大学工作；1994年加入俄罗斯联邦作家协会。他出版有《话语》《梦、现实与幻影》《影子与生活方式》《连接天地的光》《灵魂不会从天堂回归》等9本诗集，还有散文随笔集以及科普著作。

道士

我沉入干枯河流的记忆，
仿佛坠落深渊一沉到底。

像自己生存的白色影子，
道产生属于我的意志力。

道以沉默塑造它的形象，
道借助这形象之口宣讲。

默默潜入无声的词语中，
我追寻自己深邃的巅峰。

岁月生万物如毒水流淌，
我就是自己灵魂的映像。

青青的松树……

青青的松树
在疲倦的水面摇晃，
悠远的天空
透过树枝变得亲近，
我的思绪

寻访荒无人迹的岛，
我将忘记
往昔迷失方向的路，
在残忍的
生活浪涛中珍惜灵魂，
与大自然融合，
领悟自古以来的智慧。

在语言中保持沉静……

在语言中保持沉静：
须知沉静联结永恒。

自己在哑默中浮沉，
迫使沉默发出声音，

语言——说到根本，
是阅读时光的艰深。

独自穿行……

心中有本内在的地图，
我按图穿行未来的岁月，
整个世界有生存内核，
没有内核，将焚毁于火。

我消融又诞生于虚空，
依据我的精神创造一切，
在一些境界命定冷却，
在别的境界又再生复活。

我胸中海洋澎湃……

我胸中海洋澎湃，
江河奔腾，
火山在深渊爆发，
百鸟齐鸣。
我是土，是水，
我心中闪烁着星星。

乔达摩[1]

“凡诸不幸源自淫欲。”
——佛陀

当原始之光破灭，
不再照耀人世繁衍的锁链，
我看见每个瞬间
都充满了无尽岁月的苦难。

---

① 乔达摩，译自梵文，释迦牟尼的姓氏，亦用于称呼佛祖释迦牟尼。

我听见星斗喧嚣，
永恒伴随着每一次心跳，
无忧的最高智慧
诞生于澄明豁达的思考。

神秘之痕充溢灵魂，
显示出吞没一切的力量。
尽力领悟无穷奥妙，
为世界展现出永恒之光。

一眼能遍扫凡尘，
欣喜当在别样的生存当中。
我是凡人？对，是凡人，
但为了天庭的俯视而诞生！

虚即是盈……

虚即是盈，
大音希声，
不分今昨，
界限不清。

知者不言，
言者不知，
清醒呼唤，
反省自己。

不生而生，
无限有限，
生死相依，
内因相关……

狮　子

每当困惑，该思索破解。

我站在狮子笼前面，
狮子透过我望着远方……
我向狮子挥了挥手，
刹那间它看了我一眼，
然后无奈地继续眺望，
无视我在铁笼子面前，
多少次我冲狮子挥手，
狮子却再也不朝我看，
我明白了它心不在此，
它正眺望自己的往年，
过去狮子有它的领地，
在那儿而不是在这里，
狮子才是原本的狮子，
那是唯一，秉性自然，
狮子拥有狮子的威严……
我透过狮子看到奇迹——
从狮子身上看到了佛，
狮子透过我看它自己，

看尘世之间种种化身，
回顾它曾拥有的记忆。
从前在其他生灵之间，
它是狮子，满怀轻蔑，
以蔑视目光扫视万物，
扫视所谓的人类世界……
于是狮子强悍的剪影
笼罩了我，这个狮子
让我看到了一个妖魔，
在异己的铁鳌下晃动，
智力的铁甲忽然破裂，
铁笼子忽然变成碎片，
鲜活的枝条已经浮现，
狮子的眼睛闪烁光焰……
狮子与人的精神遇合，
那是横行无忌的根源，
双重的幼芽渐渐滋生，
期待除草和水的浇灌……

阿罗汉[1]

阿罗汉世世代代凝视的
并非晚霞燃烧的烈火，

他在天庭无语沉默，
目光注视着新的星座，

---

① 阿罗汉，译自梵文，指小乘佛教修行的最高果位。

他愿把灵泉的清波
尽情地洒向凡尘世界，

好用清水洗去罪恶，
让人世间遍布祥和。

伸出的手臂在点拨，
愿所有时代相互连接。

怎样顿悟……

怎样顿悟——永恒并非永恒？
怎样理解——语言不是语言？
为什么无尽无终会有尽头？
为什么死亡活在永生之间？

是否世界再生会超越命运？
怎样放弃智慧愚昧的纠缠？
是不是思想会自我孕育？
是否光明乃深沉的黑暗？

是否黄昏会突然变成黎明，
一举照亮布满坎坷的平坦？
我知道：存在不过是虚幻，
点破这些，还是闭口不谈？

永恒的语言闪烁

人类深渊的上空
永恒的语言闪烁，
世界的指挥呼吸
天庭才有的和谐。
童话向童话飞行，
反复把真理穿越，
每个世纪的坚冰
以新的方式断裂。

【译后记】

我跟伊戈尔·冯菲里特先生有通信联系，他在书信中写到，他喜欢中国古典哲学，古圣先哲的智慧是古代文化的根基。他还告诉我，他喜欢王维、李白、杜甫、孟浩然的诗。我觉得，像他这样关注中国佛学与道家思想的诗人，在俄罗斯并不多见。唐朝诗人当中，他最喜欢王维，或许跟王维崇尚佛学有关。冯菲里特先生是大学教授，也是心理医生。他提倡冥想养生保健法，可能源自佛家的坐禅。

康斯坦丁·凯德罗夫

康斯坦丁·亚历山大罗维奇·凯德罗夫，俄罗斯诗人、评论家，1942年出生于雷宾斯克；先后就读于喀山大学文史系和高尔基世界文学研究所研究生班，获语文学副博士、哲学博士学位；21世纪作家协会会员，《诗人》杂志主编与出版者，《孩童拉》杂志编委会委员。他出版有《诗意宇宙》《爱的电脑》《否定之肯定》《平行世界》等多部诗集与文集。现生活于莫斯科。

方块字茶

我总喜欢
去那个非凡的
茶馆
顾客在那里
不喝茶
只是随着
茶水的
芳香
来回飘荡
把茶字
含在嘴里
品尝

2001年

齐白石

山峰下降通向谷底
积雪顺着山坡滑落
中国人打量黑人
目光倾斜倾斜倾斜

小小的母牛像蜉蝣
顺着山路奔跑下坡
在这个广阔世界
视野越来越开阔
齐白石用中国笔墨
把大地和天空描摹

2014年

阳与阴

我不想成为预言家
可我想成为洞察者
在自我的深邃之境
思索生存与寂灭

在寂灭的水底潜泳
可惜这也不属于我

2018年9月12日

普世新解

放眼世界新时代——
阴阳无处不在

2018年7月29日

【译后记】

经伊戈尔·布尔东诺夫介绍，我认识了莫斯科诗人康斯坦丁·凯德罗夫。我从2019年10月开始与他通信，并翻译他的诗。诗人凯德罗夫对“阴阳”“道”的认识，给我留下了深刻印象。

塔玛拉·卡扎科娃

塔玛拉·阿纳托里耶夫娜·卡扎科娃，1945年出生；圣彼得堡国立大学教授，诗人、翻译家；关注中国文学和文化，曾应约赴哈尔滨参加“纪念普希金诞辰220周年”国际学术研讨会。中国诗歌、艺术、中医，引起了她的浓厚兴趣。这里的6首诗，后5首是她在哈尔滨参会期间创作的。

庐山瀑布

庐山。黎明。瀑布
穿越迷雾吸引着目光：
像自银河飞泻而下，
不可遏止向大地流淌。

2019年1月15日

中国之夜

——赠书法家张仁伟

月亮在无垠云海中漂浮，
银盘般的面庞偶尔闪耀——
月宫中有只机敏的玉兔，
它目光平和穿透了云霄，
玉兔昼夜不停一直捣药，
有幸服用者便长生不老。

2019年6月19日

话说蝴蝶

——赠中医李鹏宇

问蝴蝶,她沉默无声,
生就一双金色翅膀。
呼唤她,她翩翩飞走,
那翅膀可非比寻常。

她在寺院里服从驱使,
履行誓约,保持沉默。
那座寺院在高山之上,
对于这些谁能够解说?

袈裟下两只纤细羽翅,
那一双羽翅颜色金黄。
平静飞舞,光彩闪烁,
那双羽翅可非比寻常。

你在原野或河畔寻找,
捉住她,发现其独特,
给大地心灵带来慰藉,
对于这些谁能够解说?

2019年6月19日

每逢夜晚美好时刻……

每逢夜晚美好时刻，
不知不觉会进入梦境，
诗意来临朦胧神秘，
如有所悟却含混不清。

那时候就像是约会，
如白天一样看得分明，
诗的构思似有把握，
却难以捕捉如同阴影。

时光流逝步履迅疾，
时代短暂竟类似飞蓬，
二二得四如此清晰，
奇妙莫名，喟叹连声。

2019年6月19日

看，水洼里一片黄叶……

看，水洼里一片黄叶，
仿佛已被树木抛弃，
看，如果你目光清晰，
就知道，这是谎言。
那片叶子会化为阳光，
飞上苍穹并不困难。

无形的线已被扯断，
那只风筝正飞向云端。

2019年6月19日

寻找魂灵

在远山后寻找自己的魂，
那是一座巍峨山岭——
那里美丽蝴蝶成群飞舞，
如篝火迸发的火星。

在碧水之中找自己的魂，
碧水倾诉声音很轻——
召唤我跟随它跟随命运，
一去不返诀别人生。

在雪中沙地找自己的魂，
向路人向走兽打听，
问水中的鱼问云中的鸟，
无有回音无人知情。

2019年6月19日

【译后记】

黑龙江大学徐丽红老师在彼得堡大学进修期间，结识了塔玛拉·卡扎科娃教授，两位学者合作翻译与研究中国诗歌。这里的6首诗原作稿件，是徐老师推荐提供的。卡扎科娃的诗，语言凝练，篇幅简洁，似乎受到了中国古诗的影响。

雅科夫·索洛维奇克

雅科夫·米哈伊洛维奇·索洛维奇克，1946年出生于明斯克，记者、诗人，毕业于明斯克国立大学，专业是俄语和俄罗斯文学；后移居以色列；著有诗文集《岛》和十四行诗集《疲惫小丑的十四行诗》。

庄子之梦

为躲避中午的炎热，
坐在百岁桉树的荫凉，
诗人手捧古老竹简，
无忧无虑，心态安详。

但睡意把他引入梦境，
离开普照天下的阳光，
不知此后发生了什么，
迷蒙中难以分辨真相。

游荡的诗人消失不见，
留下的只有回忆片断，
他在梦中变成了蝴蝶。

我们知道诗源自幻想，
最奇妙莫过改变形象，
万物渴望春天的世界。

2013年7月

蝴蝶之梦

中国春天的林间草地，
中午的花朵释放馨香，
那是人迹罕至的去处，
一切生灵都随意生长。

那里有蝴蝶翩翩飞舞，
落在花朵上进入梦乡，
梦境短暂，经历奇妙，
做梦如沙土地上盖房。

蝴蝶的梦境怪得离奇，
他梦见自己成了庄子，
随意躺卧在草地沉睡。

蝴蝶之梦短暂而神秘，
浑身颤抖，难以理喻。
它想弄清它究竟是谁。

2013年7月28日

自我中心论者之梦

想说却忘了要说什么……
心绪无形，瞬间短暂，
火山早已喷发、冷却，
夜晚不可能产生灵感。

夜晚的蝴蝶向光飞行，
就像光穿过隧道山洞，
或许天使在远处歌唱，
世上没有你我的身影。

四周昏暗，哪有光明？
所有城堡被强敌占领，
意识的铠甲已经断裂。

无形的战争末日来临，
只有睡梦中那只蝴蝶
依稀可见远方的灯火。

2013年7月17日

踏着李白的足迹

热得不得了——
我懒得扇扇子。

好不容易熬到
夜色密布。

脱下所有衣服
抛到一边——

任松林的风
吹拂我的胸脯。

诡异的月亮

——献给李白

一轮明月
升起在湖水上空，
月光柔和
向李白展露笑容。

月亮应允
赋予灵感与宁静，
诗人伸手

想触摸月的明镜。

船下幽暗，
轻轻呜咽波浪声，
湖水险恶
扭曲了月的倒影。

李白饮酒
月光下醉意朦胧
渴望捞月
把月亮拥入怀中。

失足落水
由于醉酒与真情……
光明熄灭——
李白在水中殒命。

月亮笑了——
取代黄金是红铜。
人间挚爱
结局以死亡告终。

2014年4月12日至4月15日

仿杜甫

一辈子我都羡慕
神话故事的英雄人物。

幻想的并非功勋，
而是罗宾汉[①]的命运。

出生在一个国家，
世世代代遭受欺压。

我选择跳进黑暗，
以脱离绝望的深渊。

从那时起(如海浪)
度过了二十五年时光。

可到今天我还不能
感悟佛陀的纯净澄明。

我默默审视自身，
依然是孤独空虚的人。

在昏暗中盲目游荡，
“来来去去一片渺茫”。

---

① 英国民间传说中的英雄人物。

我也曾想离群索居。
去山岭间当一个隐士。

我们在“此地”越渺小,
越接近星空的浩瀚缥缈……

这是个争斗喧嚣的世界,
生活因此而变得冷漠,

世间弥漫着艾蒿的苦味,
爆炸频频,多于惊雷。

孤身自处有何含义?
其实只不过心存希冀,

极乐隐含在希望深层,
还有包容睿智的安宁。

趁我们眼帘尚未紧闭
(请原谅用词的挑剔),——

我真渴望借用诗行
再现生活是我的愿望。

2014年5月15日至5月16日

我赞赏杜甫的诗行

我赞赏杜甫的诗行
十五个世纪已消失，
无形的诗歌之网络
促成了情感的亲密。

并非每个写诗的人
都有权以诗人自居。
两行诗押韵并不难，
写冬天夏季很容易。

诗歌神奇变化莫测：
诗行中能滋生风景
草木枝叶为诗效力。

干树枝顺河水漂流，
远方有悲悯的身影——
大诗人沿小路独行。

2019年5月15日

【译后记】

刘志强博士帮助我找到了诗人雅科夫·索洛维奇克的邮箱，我从2018年11月开始和诗人通信，翻译他的诗遇到问题时向他求教。

米哈伊尔·伐伊涅尔曼

米哈伊尔·伐伊涅尔曼(1946—2003),出生于莫斯科,印刷学院毕业;诗人、工程师。他的诗诗风简练,富有哲理。

模仿中国诗很容易……

模仿中国诗很容易：
写诗的人数以万计。
中国文化人有涵养，
很难回想哪个时期
会没有人写诗填词。
爱写诗的人总会有。
什么时代都会有诗。

1992年

年轻时我不了解道……

年轻时我不了解道，
很多事糊涂弄不明白。
现在我日日夜夜等待，
我们图书馆的老太太
用个小篮子
把一摞摞书提出来。

阿拉·波嘉耶娃

阿拉·波嘉耶娃(1947—2020),莫斯科大学新闻系毕业,曾任报刊编辑、记者,自由撰稿人,喜欢中国文化和文学,所写诗歌作品多与中国哲学、历史或文学相关。

神采奕奕的中国黄帝[①]

黄帝，理想英雄当中的头号英雄！
——雅尼斯·格里姆斯

1

（引自中国神话）

子民众多的统治者黄帝，
运用他执掌的权力，
无论做什么事情，
总为穷苦大众谋利益。

他为男人也为女人，
发明了衣服和鞋子，
他耐心地教诲他们：
劳作，是生存的头等大事。

他发明了车轮和车子，
发明了斧子和铲子，
还发明了臼和杵——
发明很多，难逐一列举。

① 原注：汉字“黄”有几个含义，其中有“黄颜色”和“光彩熠熠”的意思。

归结到一句：光彩熠熠，
犹如闪电一般迅疾——
难怪人们常说，
英雄的闪电黄帝。

2

（仿日本短歌）

据传说黄帝
在世界各地巡行，
这广为传颂。
但很少有人知道，
他飞在宇宙上空。

2018年1月8日

阿拉·阿艾丽妲之梦

我做梦梦见到了黄帝
胸脯上有金色的汉字
他给我讲述神奇故事
他在浩瀚的宇宙飞行
发明了杵、臼和斧子
我醒来至今觉得惊奇
空中传来天使的歌曲……

天上帝王，有天堂宝座……

遗憾,方块字我不认得……

2018年1月8日

阿艾丽妲与老子对话

阿拉·阿艾丽妲:

老先生,您又在自我反省。

老子:

我有这样的权利。

阿拉·阿艾丽妲:

您在腾云驾雾。

老子:

我在沐浴涅槃……

阿拉·阿艾丽妲:

天堂有何新鲜?

老子:

安宁平静,我不疲倦。

阿拉·阿艾丽妲:

我知道,您撰写箴言……

老子:

阿拉,箴言的力量如熔岩。

阿拉·阿艾丽妲:

智慧长者,有何赠言留念

老子:

言者不知,知者不言。

阿拉·阿艾丽妲:

谢谢,老先生。再见
您的教诲在世间流传……

老先生躬身施礼,
我大声回答他说:
哇!!!

2016年

翻飞在孔子的诗行里

像只蝴蝶飞回往昔，
在孔子四周翩翩起舞
他却凝神思考未来
对我丝毫未加关注
为了扰乱他的想象
轻轻搔一搔他的秃顶
他却依然心态淡定
突然看我一眼，心想：
这蝴蝶想必就是庄子
它不认识奥克塔维奥·帕斯[1]，
而我在孔子诗行间飞舞
呼吸着诗书的馨香气息……

2018年

---

① 奥克塔维奥·帕斯（1914—1998），墨西哥诗人、作家，1990年诺贝尔文学奖得主。

跟荀子对话

阿拉·阿艾丽妲：

我好不容易找到你，智慧大师。

荀子：

花园里盛开着玫瑰和兰花，
我在这里休息。

阿拉·阿艾丽妲：

我们的神奇夜莺，
你会说些什么呢？……

荀子：

我们将面临劫难，到时候……

阿拉·阿艾丽妲：

哦，请别让我厌倦……

荀子：

懒惰的人们厌倦了只关心自己……

阿拉·阿艾丽妲：

荀子，谢谢你……

2017年3月28日

献给中国古代诗人白居易

这位诗人生在唐朝。
若论才华举世无匹。
据说他有贵族血统；
也有人说是胡人后裔。
天生聪明迷恋写诗。
对民间诗歌推崇有加。
诗篇写成念给侍女听，
得到赞许，诗稿留下。
若不中意，信手抛弃……
有人称赞：“你是诗圣！”
他以调侃的口吻回答：
“沉溺于诗，我是诗魔。
只有一件事让我痴迷。
从早到晚沉醉于写诗。”
原因何在？源自天性。
这位诗人生在唐朝，
若论才华举世无匹。

2014年

竹林七贤

在一片竹林里
我们聚集
倾心交谈
探讨种种奥秘
同时畅饮
奇妙的美酒
哦,这经历(恍惚间)
已过去很久很久……

2017年

【附记】

魏晋之际的阮籍、嵇康、向秀、山涛、刘伶、阮咸、王戎7人,常在山阳县(今河南辉县)竹林中饮酒、纵歌,世谓竹林七贤。他们放荡不羁,蔑视名教礼法,做出惊世骇俗的举动,对毁弃名教的统治者表达无声控诉与反抗。

雨点般的汉语方块字

雨点密密麻麻飘洒
忽然间竟变成了汉字。
横竖点捺降落到大地
个个具有象征含义
(共有四万七千个
收集在汉语词典里)。
这一来所有的街道、
房舍、阳台、屋顶
湿淋淋的都很神秘。
可惜这座城市没有人
能够辨认这些方块字……

2015年10月28日

【译后记】

我在互联网上发现了波嘉耶娃的诗,后来找到了诗人的邮箱,从2019年1月12日开始跟她通信。她的诗写中国古老神话中的皇帝,写老子、孔子、荀子,写竹林七贤,写白居易。看起来她对中国古代文化和诗歌相当熟悉,并且对汉语的语言文字特别感兴趣。我把翻译的诗陆续寄给她,她希望有的诗用汉语拼音标注出韵脚,看来她在自学汉语。令人痛惜的是,2020年2月25日,她突然病逝。她儿子阿尔焦姆·波嘉耶夫在网上发布了这一不幸消息。正如波嘉耶夫所言,亲爱的母亲走了,但她的诗还活在人间,阅读她的诗,就能聆听她的声音。

伊戈尔·布尔东诺夫

伊戈尔·布尔东诺夫，1948年出生于莫斯科，莫斯科大学物理数学系毕业，俄罗斯科学院系统编程研究所首席研究员，推崇中国文化。他曾3次访问中国。2019年9月6日，我们在天津初次见面。至今我翻译了他的近300首诗，这本诗集选入14首诗。

与王维对话

轻阴阁小雨，
深院昼慵开。
坐看苍苔色，
欲上人衣来。
——王维

我的朋友谷羽问我：
“你的诗怎么不写王维?”

我立刻想起很久以前，
我曾经写过《雨纬》，
俄语的意思是《雨之书》。

其中有类似词句：
“雨或许
来自别的时代和别的地域。
逝去的人跟随雨
在大千世界游历?
倘若他想看你，在你门口出现，
你不必惊奇!

他将坐在火炉边。
他沉默不语。
他会喝一杯茶。

然后又走向雨
雨水如海洋——
他从岛屿走向岛屿。

长途跋涉凭借双脚，
或借助车马，或借助羽翼。
一路上神思游荡。
人类的心灵之旅——
总是雨水凄迷。
从一国走向另一国，
从一个世纪走向另一世纪。

从心灵走向心灵。
走进雨水的人紧一紧腰带，
竖起雨衣的衣领，
毫不迟疑朝雨水走去。
一柄油纸伞。
一根沉重的手杖。
还有读过却未解深意的词句。”

我的朋友谷羽问我：
“你的诗怎么不写王维？”

因此我默默沉思。
开始翻阅自己的诗。
我处处看见王维，
或是他的先行者，
或是他的朋友，
或是他的继承人，

还有："水墨最为上。"
这是王维论画的名句！

我真为杜甫感到惋惜，
错失了跟王维相遇的时机。
杜甫错过了几个小时，
而我却错过了十几个世纪。

王维说话如春花绽放：
纵然春花凋谢，
心中仍留芳香气息。
我想告诉王维：
古人陪伴我度过人生之秋，
我对他们满怀深深的感激。

1986年至1995年至2020年3月28日

读庄子

"伟哉造物！
又将奚以汝为？
将奚以汝适？"
——《庄子·大宗师》

常来的人——无须细问。
沉默的人——无从打断。
要走的人——不必阻拦。

离开的人——不用怀念。

春季里祈盼夏天。
夏季里预感到秋天。
秋季里等待冬天。
冬季里看飞雪弥漫。

如果你的道路坎坷曲折——
荒草丛是你的归宿。
如果你的道路进退两难——
荒草丛是你的归宿。
如果你的道路攀上巅峰——
荒草丛是你的归宿。
如果你的道路坠入深渊——
荒草丛是你的归宿。

人世间的生活永远延续，
死亡，注定了不可避免。
也许你会变成昆虫翅膀，
或者你会变成老鼠的肝。

1988年7月

梦游庐山阿拉山

——献给大诗人陶渊明
维拉·萨任娜
马克·梁铎
和谷羽教授

做梦漫游我身在阿拉山——
朋友梁铎说这山是庐山。
我们沿着山路慢慢行走
我伸出一只手触摸石头,
手摸的石头有横纹竖线,
马克仔细看像阅读诗篇,
傍晚传来轻轻的溪水声,
那声音似歌唱夜空的星,
有颗流星坠落在阿拉山,
坠落湖底,湖泊在庐山。
那时我说并非流水星辰,
十有八九是写诗的诗人,
想必他们隐藏在阿拉山,
好观赏星辰湖泊看庐山。
不料,梁铎老反驳我说道:
诗非人作,源自阴阳与道。
我俩争吵直到声音嘶哑,
没听清什么自空中落下,
那声音细微,很轻很轻,
仿佛竹梢落叶随风飘零,
仿佛一滴寒墨脱离笔端,

仿佛幽灵羽翼回归家园，
仿佛空中白云飘落山坡，
仿佛混沌世界沉入黑夜，
仿佛晚霞燃烧渐趋熄灭，
仿佛秋蝉死亡翅膀坠落，
仿佛弹奏一张破碎的琴，
仿佛青草上面走过麒麟。
马克·梁铎悄悄地说道：
“嘘！这就是阴的奇妙，
说不定是维拉·萨任娜，
又在念咒施展她的魔法。”
眨眼之间我惊叫：“呀！
你感觉真灵，那就是她！”
神密维拉从天降，乖乖！
沿山坡小路朝我们走来。
她的诗歌韵律不受约束，
带来一瓶露酒气味很苦。
我陪着马克饮酒，维拉
不喝，她跳舞自说自话。
稍后说：“让我们接续诗题！”
她向空中抛出一朵白菊。
于是半轮明月浮现夜空，
每一株青草都簌簌有声，
每块石头都争抢着说话，
维拉说：“我们来读吧！
让山山水水来聆听诗篇。”
叽叽喳喳传到我们耳边，
我和梁铎喝得醉意朦胧，
露酒喝光只剩下个空瓶。

那时萨满维拉施展法术，
只见有人影行走在山路，
这位男士身穿飘飘长衫，
如时针在表盘逆向旋转，
他绕圈奔跑脚步飞快，
见所未见,甚是奇怪，
仔细打量这一位先生
影影绰绰像是陶渊明。
走到面前他说:“在下陶潜。
何处仙风将诸位带入深山?”
他说古代汉语叮叮有声，
如弹破碎之琴琴弦铮铮，
我们听得懂,若问原因，
谷羽当翻译他来自天津。
天上星星齐鸣如同敲钟，
我和梁铎老瞬间变清醒，
小声问:“再喝一瓶好吗?”
酒瓶空空。这时萨任娜
念念有词正跟幽灵说话，
我们举起酒杯欢呼喧哗!
维拉来自月光与泉水商议，
手捧菊花向客人躬身施礼。
此后无伴奏缓缓吟诵诗章，
月亮在空中舞蹈也在歌唱，
歌唱的有花朵还有松树，
歌唱的有草叶上的露珠，
歌唱的有石头还有瀑布，
歌唱的有秋蝉还有老虎，
歌唱的有狐狸还有雪豹，

歌唱的有野狼还有禽鸟，
恍然醒悟：并非山水野兽——
是苏醒的诗人们唱不绝口，
他们隐身在遥远的阿拉山，
为观赏星辰湖泊观赏庐山。
太阳的黄嘴鸟鸣叫到天亮，
才让这酒神节日草草收场。
此时才明白，原来是个梦……
无奈现实世界无聊又空洞，
我似乎永远留在阿拉山，
朋友梁铎说那山是庐山。
在那里维拉与陶潜交谈，
帮他们对话的谷羽来自天津，
那琴弦之声仿佛萦绕到如今。

2019年12月4日

李白、李清照来访

——致叶列娜，并读她的诗

有位女诗人住在俄罗斯某地，
她的心对中国充满了向往。
忧伤时刻在森林边漫步，
心如候鸟飞往遥远的地方。

她坐在厨房里喝茶，

用小勺儿加点马林果果酱。
茶叶来自中国的山岭，
厨房里谱写真诚的诗章。

旧笔记本电脑沙沙作响，
荧屏闪烁出昏黄的光。
庆幸今天有贵客临门：
李白、李清照——二李来访。

李白讨酒喝依如往常，
可惜女主人家里没酒。
只有李清照留了下来，
扫兴的李白扭头就走。

两位女诗人笑了很久，
笑李白无酒难以写诗，
可是联想到那是唐朝，
不由得伤心痛哭流涕。
厨房窗外升起了月亮，
月光下的长江川流不息。

当东方霞光初露
如同乐师弹奏无弦琴，
告别的时刻来临：
李清照起身返回宋朝，
只留下梦中的女诗人。

2020年11月5日

杜甫的精神

杜甫的精神
活在成都。
后人为此修建了房屋，
需要的一切应有尽有：
书房用来写诗，
夜晚睡眠有床铺。
院子里修了小路，
让心灵休憩散步。
湖边建一座凉亭，
式样赏心悦目。
墙上有杜甫的诗句，
这些诗写于成都。
可惜这些都不属于杜甫，
当诗人居住在成都。
有条线灵魂难以超越，
围墙外看不见另一个成都。
那座城市里房屋千百万，
直到地平线，房屋连着房屋。
房屋不怕风也不怕雨，
山一样的房屋高大又坚固。
那曾经是杜甫的幻想，
他写那首诗就在成都，
当时透过屋顶的窟窿
能看到月亮在云雾中飘浮。

2019年9月14日，写于成都

乐山大佛

我一条腿疼。
坐着,左右摇晃,
力图保持姿态稳定。
脊背挺直,
两只手掌抚摸膝盖。
控制心绪,开始入静,
疼痛竟然逐渐减轻。
此刻豁然领悟
如果坐姿
像乐山大佛,
佛已经坐了千年,
挺直脊背
双手抚摸膝盖,
大概,佛
因悲悯而心痛。

2019年10月23日

庄周的蝴蝶

蝴蝶翩翩飞舞,我问:
“哎,庄周!
你已经飞了三千年,
什么时候才能清醒?”
飞舞的蝴蝶回答我:
“对不起,您认错了,老先生。
来这个世界,今天早晨我才出生。”
“哎呀呀,怎么会是这样?
原来,所有哲学家和诗人都在撒谎。”
“哲学家和诗人,还都没有睡醒。”
庄周说着飞向早晨蓝盈盈的天空。

2020年7月8日

陪陶潜先生谈诗论道

我不喜欢平庸诗作,
也不喜欢标语口号。
我欣赏陶潜先生,
爱跟他谈诗论道。
我们俩长时间饮酒,
对酌交谈感觉甚好!

2017年7月27日

不一样的诗

有些诗,像早晨的花朵,
绚丽又柔美
临近傍晚就凋谢。
另外有些诗,像千年树
生长十个世纪,
只有到那时
树枝上才绽放
凌晨的花朵。

2019年10月3日

宜昌大坝怀念屈原

我的背后是宜昌城。
我的脚下雾气蒙蒙。
长江似乎沉入雾气中。

雾中的大坝在浮动,
仿佛巨人大禹的身影。
像一座桥跨越长天。
像一条路穿越时空。
像有人喊我进入幽冥。

那边，在河流的对岸
隐约有怀抱石头的屈原。

雾气中有歌声悲凉。
多么渴望能抵达对岸，
遗憾，受到警卫阻拦。

雾气时高时低飘浮。
长江的呼吸悠长缓漫。

2008年9月24日

李 杜

公元744年秋，四十三岁的李白在洛阳遇见了三十二岁的杜甫，这成为两位天才诗人友情的开端。“李杜”并称，其中一个意思指李白与杜甫。

我三十二岁的时候
没有遇见李白。
我四十三岁的时候
没有遇见杜甫。
到洛阳的时候
我已经年过六十，
没有遇到想见的人，
从那里坐火车去了杭州。

如今我已经偌大年纪，
许多人早已不在人世。
而一千二百七十七年前
相遇的两个人至今还活着，
等我告别人生之后
他们的生命仍将延续。

2021年1月3日

齐白石

俄罗斯乡下有个老农民
对我说:“他画得好,确实!
请你告诉我,他真那么伟大?
你的这位中国画家齐白石?”

我回答说:“他驰名世界!
他的画——让人的心灵痴迷。”
他又问我:“喏,你说实话,
说齐白石伟大有什么根据?

他当过院士？他有万贯家财?
还是他当过大官有权有势?”
“他生在农村！小时候干农活。
一辈子从早到晚画画手不停笔。”

老人家笑了:“他是个好人……

求求你,为我写下他的名字。”
“你要他名字干什么?”
“我去教堂,在那里点支蜡烛,
我祈祷,为心灵正直的齐白石。”

2019年7月3日

桂林—麒麟

桂林—麒麟
犄角伸向蔚蓝天空
一千个温柔的犄角
四蹄不踩花朵房屋
擅长喷吐火焰
但却呼吸清风
可以怒吼如雷
但却轻轻歌唱
麒麟——就这般安详!
桂林——就如此模样!

它的子孙千百万
说着千百种语言
经过了长久的辛劳
造就了桂林这般模样!
像瑞兽麒麟一样安详!

这里的市民不长犄角
他们不会喷吐火焰
他们不会咆哮如雷
他们不会伤害游客
性情温和就像漓江水

活泼如齐天大圣
勇敢仿佛孙悟空
八月桂树林中的城
四周围拢麒麟角山峰
请你来尽情观赏——
这就是桂林的模样！

在当今这大千世界
多少城市闪烁光亮
神圣岛屿雾气迷茫
花园豪华胜似天堂
即便在神仙圣境
你也难找一座城
能够跟桂林一样
桂林——就如此模样！
麒麟——就这般安详！

2021年11月13日

赠朋友

——给我的朋友谷羽教授

他把自己的房子
留在人烟稠密的峡谷
而在我的村子里
木板钉住了门与窗户。
他的一头白发——
像飞鸟的白色翅膀。
我的灰色头发——
像荒山野林的灰狼。
你们大概想知道，
我们俩如何相互沟通。
仿佛穿过飞机轰鸣，
穿过脚步杂沓的喧嚣，
语言能够飞行……
最好能抬头远望，
望那高高的山巅，
两人对望交织的视线。
此时此地无须说话，
正可谓“欲辨已忘言”。

2019年1月21日

【译后记】

2018年底，我在网上发现了一位热爱中国文化的学者，他是数学家、诗人、画家，名叫伊戈尔·布尔东诺夫。令人惊奇的是，这位理科出身的学者，从20世纪80年代开始，大量阅读中国古代典籍《易经》《道德经》《论语》《庄子》《史记》的俄译本。写诗，推崇陶渊明；绘画，敬重王维与石涛。他的水墨画吸取了中国画元素，使用毛笔、墨汁、图章。布尔东诺夫曾两次访问中国。2008年和2010年，他游览了中国很多地方，创作了一些诗歌和绘画作品。

经莫斯科记者李翠文帮助介绍，从2019年1月11日起，我开始跟伊戈尔通信，陆续翻译他的诗，2019年9月，他和夫人第三次来中国旅游。9月6日，我跟我的朋友郝尔启和俄罗斯朋友初次见面，一起在食品街一家餐厅吃午饭。伊戈尔带来了诗集《布尔东诺夫诗选118首》，原来是把我翻译的诗自编自印成册，送给我和郝尔启留作纪念。我回赠他的礼物是在俄罗斯出版的中国当代诗选《风的行状》，还有文房四宝。郝尔启送给他的是书法作品和一个圆形的刻瓷盘，那是他内弟刻瓷家阚士全的作品。

离开天津，布尔东诺夫和夫人跟随旅游团去了九江，拜访陶渊明墓，转天写了一首《不一样的诗》，写一日花和千年树；后来到成都，创作了《杜甫的精神》。那次中国之旅，伊戈尔还增添了一枚中文图章：师从五柳先生。伊戈尔·布尔东诺夫写诗，诗笔自由奔放，想象力丰富，擅长铺叙描述，篇幅较长，诗的容量有时长达几十行，甚至上百行。但是读起来并不让人觉得拖沓烦琐，反而引人入胜，比如《与王维对话》《梦游庐山阿拉山》《诗的变异》都是这样的作品。

两年多以来，我已经陆续翻译了伊戈尔的将近300首诗。可以编成两本诗集，一本题为《在里坡屯读道德经》，包含他写的81首诗，对应《道德经》的81章；另一本书名为《伊戈尔的中国情结》，包含140多首诗。他的下一本诗集起名《李杜》，目前已经有100多首诗，我翻译了几十首。这本《俄语诗行里的中国形象》只挑选了伊戈尔的14首诗。相信读者阅读这些作品时也能感受到诗人对中国文化的痴迷与向往。

2021年4月24日，俄罗斯联邦卫星通讯社记者采访了伊戈尔·布尔东诺夫，稍后电话采访了我，访谈录发表在网上，题为《布尔东诺夫，精通古代中国的数学家》。记者采访时给他拍了一张照片，桌子上摆着那个圆瓷盘，上面雕刻着陶渊明的画像和他的诗句：采菊东篱下，悠然见南山。那是他从天津带回去的礼物和纪念品。这样的瓷盘共有三个，伊戈尔一个，郝尔启一个，我家里也有一个。看到瓷盘就会想起我们之间的友谊。是五柳先生陶渊明让我们走到了一起。

奥尔嘉·谢达科娃

奥尔嘉·谢达科娃，俄罗斯诗人、翻译家，1949年出生于莫斯科。她的父亲是工程师，曾作为援华专家在中国工作，因此她6岁时来到中国，在北京住了一年半，西直门一带给她留下了难忘的印象。1973年，谢达科娃毕业于莫斯科大学哲学系；1983年在斯拉夫学及巴尔干学学院研究生班获得语文学博士学位；现在莫斯科大学哲学系任教。她在1995年获得罗马欧洲诗歌奖，2013年获得意大利但丁国际诗歌奖。

中国行（组诗18首）

让它的洞察力变迟钝，
让它摆脱杂乱纷纭，
让它的光焰变柔和，
让它等同于灰尘，
那么它
似乎就生存。
——老子[1]

1

真让我惊讶：
水是那么平静，
天是那样熟悉，
岩石岸边的帆船缓缓漂动。

故乡！看见垂柳心在呼唤：
这样的垂柳长在中国，
心甘情愿垂下弯曲的弧线，
要知道只有我们的慷慨
才会迎接我们进黄泉。

---

① 老子《道德经》第四章原文为："挫其锐，解其纷，和其光，同其尘，湛兮，似或存。"这里为根据俄语的译文的回译。

2

水塘说：

倘若我有手有声音，

我会拥抱你,爱抚你!

你知道,人们贪婪,病态,

总是撕扯别人的衣服,

为自己做绷带。

我什么也不要：

因为温柔就是康复的灵药。

如同房间里的宠物,

我愿用手触摸你的膝盖,

天空般宁静的声音,

徐徐飘落下来。

3

下垂,却不坠落,

触及水面,却不潮湿,

垂柳长长的手臂。

我古老的柳树——

座座宝塔,条条大道!

多少回我们相逢,

每回都像初次,

吁吁喘息,心脏猛跳,

背着空荡荡的背包,

沿着树干,沿着树枝的

丘陵沟壑,

奔向庙宇又长又宽的眼睛,

奔向祭坛的明镜，
奔向茵茵的绿地。
绕来绕去，为了最终踏上
那唯一可心、
谁也不觉得屈辱、
人所未见的道路，
我们漫游得难道还不够吗？

头戴隐形帽，
能躲避人们目光的服装神奇，
下垂，却不坠落，
触及水面，却不潮湿，
柳树啊，“我爱”这个字眼儿
只适合献给你。

4

那边，山岭上，
半山腰有座孤零零的茅舍，
没有人再往高处攀登；
云雾遮蔽了门楣，
说不出它是愁是喜，——
茅舍是否曾有人居住，
此刻有人还是无人。
渺小，像燕子的眼睛，
像干面包的一粒碎屑，
细微，如蝴蝶翅膀上的花纹，
像空中垂落的游丝，
没有人敢沿着它爬行；

渺小到蜜蜂难以发现，
细微到语言难以形容。

5

矮小的松，哭泣的柳，
你们可知道？
解开了缆绳的船，
不会长久停靠在河岸——
既不为往日的经历
觉得欢欣，
也不感叹：今天我们聚集此地，
谁又说得好——明天？
也不想领悟：
唯独精神无可指责，
谦逊，无所畏惧，慈善——
没有什么能够阻止
　　　　　　　　单纯的欣赏，
单纯的欣赏，
　　　　　　犹如夕阳。
解开了缆绳的船，
缓缓漂流并不思索，
折断了的树枝
还能扎根，但不是在这片天空下生长。

6

我只见
行人身穿白色殓衣——

我们怎么办？何处去躲避？
我只见
殓衣,衰老的肩膀——
莫如让我的双眼变成石头,
让我的心化成水。
我只见,
人应有的反应和举动,——
但愿能跟在他身后,哭泣:
不管他走多远,都紧紧跟随,
一步一步,决不犹豫。

7

船向下游疾驰,
驶过澄碧的琉璃,
天空很快变得昏暗,
另一双蓝宝石眼睛在凝视。
你可知道？从来没有人相信我。
(就像一个孩子,
临死时鼓足了勇气,
告诉另一个说:好吧,
把我埋在第三棵松树下)。
我也想要这样说:
从来没有人相信我,
你也不必相信,
千万不要告诉任何人,
趁船在飞行,阳光照耀,
蓝宝石闪烁着
天庭的微笑。

8

随处可见一层层房顶，
恰似因惊喜而上扬的眉毛：
你说什么？当真？从心里高兴！
露台，人站在那里
总能眺望迷人的风景：
河岸干燥，发黄的河水闪烁银光，
心爱的笔触——树丛画得散乱，
拱桥上两个行人
相互鞠躬深深地弯腰，
茶匙上的燕子，
如在飞翔，
动心的泪滴，祛病的良药。
可是，在中国无人生病：
上天会用
长长的银针
治病医疗。

9

不幸，
跟客人交谈还想着明天的事情；
不幸，
一边做事，一边想是自己在做，
惋惜不能像毛笔，蝴蝶，蜜蜂，
在阳光和空气中随心所欲；
有人想出了一段旋律，

不知下一段是什么样子,——
不幸的人天生怯懦,吝啬小气。
而更加不幸的是
有人不辞而别:
糊涂的人不理解,
仙鹤竟然出现在树丛中,
金色的圆灯笼
竟然自己飞腾
离开可爱的土地飞向可爱的天空。

10

卓越的画师,不晓得天职,
除了灵性笔墨的天职:
因而他的笔能潜入山的心灵,
渗透进树叶的欣喜,
凭借重重的一笔,轻轻的一抹,
一声赞叹,一次羞愧,
他都能进入永恒的天地——
永恒甘愿陪他游戏。
然而一旦他背离了精神,
阳光就离他而去,
他在恍惚混沌之中,
十次寻觅洁净的泉水,
奇迹从他手中滑落,
但他决不说:奇迹是幻影!——
天高九重却俯下身来
向他鞠躬致敬。

11

满怀温柔与深邃——
须知唯独温柔深似海，
唯独深邃拥有柔情，——
万千面孔我能分辨，
谁见过温柔，注视他的视线
来自石头，来自玻璃物体，
温柔的深邃，深邃的温柔。
就这样燃烧吧，
西方温暖的明烛，
灯盏，飞蛾的陷阱。
温柔与深邃的太阳，
告别大地的太阳，
最早的也是最后的太阳，
请你再说句话吧，
跟我们家里的灯光。

12

或许你，精神的珍珠，
深水里的宝石，
沙哑的声音，
描绘层层排列的花园，——
插翅的车轮
带着哭声奔驰，
沿海一带风沙弥漫，
海洋空旷，
无法告别，

找不到跟你告别的地方。
哦,平凡的人——
恰似海水里的盐:
不是言语词汇,不是面孔,
仅仅是潮水,是盐,是碘。
没有人可以交往,
只好自言自语:
或许你,精神的珍珠,
深水里的宝石,
低沉的声音,
描绘人间没有的花园。

13

难道我们,
跟所有的人一样,
也要离别?
对旋即耗尽的情欲
略知一二,
多少也了解
小于芥子的世界——
什么人需要,尽管拿去,
知道这个没有珍珠的贝壳,
知道除了赞赏的火花,
没有火柴、蜡烛和灯盏,
知道声音和烛光
来自什么地方,——
难道我们要离别,
像无知的群氓?

我们在湖水边，
没有少栽杨柳，
我们在湖水边，
一直仰望天上的星斗，
我们也像喝醉的李白，
凝视着月光一样的黄酒，
我们像沉到水底的石头，
我们愿意始终在一起，
难道像那些粗鲁吝啬的人
我们真要分手？

14

长笛回应长笛，
并非骨笛，也非竹笛，
而是大山用缝隙
吹奏的风笛，
琴弦回应琴弦，
歌词回应歌词。
夜晚快速升到高空的星，
回应我内心的请求：
你引出万千星斗，
夜晚的星啊，
你也点燃了我的心，
孕育出万千请求，
万千请求归于一个：
清醒清醒吧，
看看我，激发灵感的朋友，
看吧，夜晚多么明亮……

15

据说，他们走了，沿着白茫茫的路，
沿着寒冷的星云，
总有一天我们也将离开：
趟着水从石岸走向石岸，
超越离别从星球飞向星球，
像歌唱的声音从音符向音符飘荡。
据说，所有的人都将在那里相聚，
银河为聚会的人们度一层白霜。
我后悔，我的心多少次走近
不准跨越的门槛，多少次敲门，
不知该向何人诉说：
没有人寻找我，没有人为我苦恼，
没有人恳求：请你留下来陪伴我！……
哦，并非由于人世苦难才觉得世外神奇。
而是因为不想，不想回忆自己的罪孽，
是因为起程的时刻已到，
该请求宽恕一切过错。
要知道离开这闪光的面包，
任何人都难以存活。
该走了，走向
万事出于悲悯的地方。

16

你知道，我如此爱你，
　　　　　　　　当时刻来临，

迫使我离开你，
但是它无法剥夺：
就像人怎么能忘记火？
又怎么能忘却
渴望体验幸福，
不愿感受苦涩？
你知道，我如此爱你，
以致于难以分辨
风的叹息，树枝的响声，雨丝的淅沥，
难以分辨烛光似的小路，
难以分辨别样昏暗的窃窃私语，
看不清火柴似的理智已经点燃，
甚至听不清干枯的蝴蝶
怀着幽怨碰撞玻璃。

17

当我们决定出发，
不知什么等待着我们，
登上空荡荡的灵感之舟，
登上捆绑松散的木筏，
乘坐带鳞状花纹的羽翼，乘坐没有桨的船，
想象最好的结局，
或是悲惨的收场，
内心无所追求：
其中的一切都被取代，
分发算命的骨棒依据易经占卜。
谁能测量水的空阔？
谁能想象天上的征战？

谁下令用火的种子

培植苗圃果园?

如同夜莺结局美妙,

歌唱毕竟胜过闭口不唱,

不在时光的丝绸上书写文字,

民族就不健全。

当你吹响你的芦笛,

激发灵感,

当大陆与我们的心灵之间

涌现出水波浩淼,——

倘若它,致命的旋风能认识,

你,空旷的湖面,

我真想请求宽恕,亲吻你的双脚。

18

我们赞美自己的土地,

赞美水面的月亮,

那种似虚实有,

似无却处处存在的现象——

大小如燕子的眼眸,

如干面包的一粒碎屑,

像蝴蝶翅膀上的花纹,

像空中飘落的游丝一样。

束缚我心灵的绳索——

不仅有灾难和怜悯,

还有那笑容可掬的、

神奇的浩淼波光。

我们赞美无价的幽暗柳枝

在玻璃似的流水中沐浴，

赞美一切不眠的生灵

珍重大地上的每粒食粮。

对于恶行的谴责劝阻，

就是对善举的奖赏，

当果园里有园丁劳作——

就是大地的表彰。

1986年

【译后记】

维雅切斯拉夫·费多陀金先生是来自莫斯科师范大学的讲师，在南开大学外语学院任教已经三年。作为俄罗斯文学的爱好者，能跟费多陀金先生认识，我觉得很幸运。经常的交往使我们成了朋友，他让我不必客气地称呼名字和父名，直接叫他斯拉瓦。几年来斯拉瓦给予我很多帮助。我在阅读和翻译俄罗斯文学作品时，遇到疑难问题，常向他求教，每次都有求必应，有问必答，有时候我为经常打扰他表示歉意，他笑着说："没什么，我乐意为您效劳。"每次给他打电话，约定见面时间，他都会说："我的房门随时为您敞开着。"

斯拉瓦经常向我推荐他喜欢的文学作品，其中有布宁的诗歌，契诃夫评传，诗歌评论，散文随笔。前不久，他跟我说："有位女诗人值得一读，她是莫斯科大学哲学系老师，我曾听过她讲课，她的诗有哲理，有深度，不太好懂，但很有意思。她写的《中国行》组诗，你该认真看看，其中涉及老子的《道德经》。"

斯拉瓦还告诉我，怎样从网上寻找这篇作品，告诉我这位诗人的名字叫奥丽嘉·谢达科娃，还指出了作品发表的期刊，我终于从网上下载了《中国行》原作。

后来我才知道，奥丽嘉小时候曾跟随父亲到过北京，她父亲是工程师，援华专家。看来她关注中国跟童年的经历有关。诗人仿佛面对一幅水墨画，在想象中神游她思念的地方。看来，诗人熟悉《道德经》，推崇老子的哲学思想，因而把老子的论述作为引文："挫其锐，解其纷，和其光，同其尘，湛兮，似或存。"这题词应当是解读组诗的钥匙。

组诗中反复出现的意象有垂柳、拱桥、河水，船和天空，还有李白与酒，有占卜和《易经》。诗人所向往的是和谐宁静的天地。这和老子“人法地，地法天，天法道，道法自然”的主张是直接的呼应。诗人的文字含蓄，从容，生动形象，颇耐咀嚼。

我翻译的《中国行》（组诗），后来发表在《外国文艺》2010年第2期。

亚历山大·多林

亚历山大·阿尔卡吉耶维奇·多林,1949年出生于莫斯科,俄罗斯诗人、作家、翻译家;出版有日语诗歌俄译本《红牡丹》《红山茶花》等。

1643年秋皇帝朱由检在长城上写诗

那里,在万里长城外边
是完全不同的世界——
游牧民族的天地,残酷的草原,
无尽无休的混乱征战。
凶猛的鹰在战场上空盘旋。
伴随春天,越来越危险。
疯狂的战马马蹄翻飞,
飞沙走石,风暴漫卷。
那里无数的箭矢呼啸,
多少胸膛被利箭射穿。
只有少数人能存活下来,
他们麻木且生性强悍。
那里不讲礼仪,不穿绸缎,
那里的国度凶狠野蛮,
他们厌恶痛苦的眼神,
视幻想与希望为异端!
他们不懂音韵悠扬的诗行,
也不懂内心的忧烦,
臂膀的力量与忠诚——
是他们唯一信赖的手段!
身穿兽皮,野兽般吼叫,
满族的马队气势汹汹,
渡过阿穆尔河,继续向南。
皇帝的眼神变得幽暗。

长城上千百个敌楼
曾是国家的荣耀，
若天下大乱，军队叛变，
谁还会顾及长城？
若平民百姓四处造反，
若未来的岁月凶险，
不详的预言连续应验：
干旱、瘟疫、灾荒连年：
长城百年来日益残破，
哪还是抗敌的屏障雄关？
万一强悍者时机来临——
若突发进犯，该怎么办？

2011年

【附记】

朱由检，崇祯皇帝，明朝最后一代君主，1643年，外有满族军队攻入山海关，内有李自成率领的农民起义。亡国之君朱由检在景山一棵树上投缳自尽。

阿拉·利普尼茨卡娅

阿拉·利普尼茨卡娅,移居以色列的俄罗斯诗人、画家,1949年出生于乌克兰,曾在博物馆工作,接触到中国瓷器与绘画,对中国文化产生浓厚兴趣。她著有《我们都是行路人》《白丁香》《彻底透明的爱情》《绿披巾》等9本诗集。苏联解体后,1995年移居以色列。

中国折扇

打开扇子！扇面有中国房子，
扁平的象牙扇骨呈现黄色，
一个放牧者来自悠久的岁月，
从桥上走下来短暂做客。

他在树林漫步，赠我荷花，
为我讲述远古时代的传说，
转了一圈，突然跟我告别，
这微妙的邂逅实在奇特。

我目送他缓缓走进峡谷，
融入画卷，消失在山麓，
长长的粉红花柄留在路上……
合上扇子。我轻轻抚摸扇骨。

2012年7月7日

凌晨细雨纷飞

——给李清照

我尚未起床，我的姊妹，飘然来临，
我们彼此间很久很久无缘聚会！

我有些劳动成果正好快要成熟，
你的词世代长存，漆器般闪烁光辉。
你擅长分辨从未来回归的路，
我们的身边真可谓变化纷纭，
那些花园仍在，渴望的世界美好，
这让我们醒悟，该有多么幸运。
不要悄然离去！请伸出你的手
触摸及时抵达的那条航船的帆，
一种细微的声音在四周轻轻扩散，
恍惚间，水面成了明亮的录像带，
生成画面，描绘我们短暂的相见。

2017年4月7日晨

致无名禅师画家

——献给弗·维亚尔多[1]

给他斟酒，再斟酒，
他觉得心旷神怡！
宣纸和墨汁齐备，
他总是一饮见底！
给他斟酒，给好酒，
一杯接一杯。喝得

① 弗拉基米尔·维亚尔多，1949年出生，俄罗斯钢琴家、音乐教育家；多次获得国际音乐比赛大奖；后移居美国。

胸中的血液沸腾，
笔画跟词语糅合。
他从头顶摘掉帽子——
任头发水一样流泻！
银白，如初雪飘落，
呼叫、癫狂、舞蹈。
像个滚动的葫芦，
紧贴着宣纸书写，
暴烈的马匹奔驰，
相继在纸上腾跃。
发缕随心，随手腕
把精微的细节描摹。
不朽的骏马驰骋，
天生神秘的毛色。
快给他斟酒，斟酒！
他的力量用之不竭，
只要看见美酒满杯，
就想挥笔永不停歇。
活的葫芦及其灵魂，
汉字开出墨色花朵。

杨丽萍[1]

杨丽萍——
跳舞的孔雀。

---

① 原注：杨丽萍，中国著名舞蹈家，代表作为《雀之灵》。

她是白族
舞者精英：
“这姑娘
从神话中飞来！
手指
像孔雀的喙，
指甲
划过虚空。
雀屏展开
华丽恢宏，
杨，跳舞如绘画，
自如又轻松。
轻似花瓣落水，
水中有拱桥倒影。
蝴蝶纷飞的节日，
观世音的节日，
目光所及之处，
都是节日的喜庆。
姑娘的舞姿
如天堂之鸟：
舞步轻盈，
体态空灵。”

2018年1月29日

我心多牵挂，牵挂天津……

——给居住天津的谷羽

我心多牵挂，牵挂天津，
牵挂湘潭、金华、北京。
中国大运河悠久古老，
河水涌流，无可阻挡，
倘若时光可以倒流，
我愿奉陪李清照歌唱，
为大自然谱写词的乐章。
纵然诗句磨损颜料褪色，
作家和智者在那里生活——
心灵仍是自由的避风港：
牵牛花开，虾在游动，
齐白石画笔富有灵性。
宝塔如同从云霄降落，
宝塔顶恰似绽放的花瓣。
我心多牵挂，牵挂天津……

2018年8月20日

魔 球

欧洲人就这样称呼象牙球……
象牙球雕刻极其精巧，

大大小小刻满了洞孔，
非凡技巧与信念结合——
父亲开创，儿子完成。
花纹套花纹，球里有球，
层层薄如纸，玉一般晶莹。
仿佛钻进狭窄的缝隙——
内层狭小什么都看不清。
这象牙球，实在奇妙，
无从窥见深层的构造。
你不妨想象把球抛起，
它会飞走，不再坠落。
拿在手里一定要握紧，
免得让魔鬼把它偷盗。
能工巧匠穿宽松长袍，
十五世纪就开始牙雕，
大功告成，顺路去拜庙。

2019年2月10日

绘　画

温和柔软，颜色紧凑。
画布色彩如包扎伤口。
马克·罗特科[①]生气勃勃。

---

① 马克·罗特科（1903—1970），出生于拉脱维亚的犹太画家，后移居美国。

提香[1]的肖像内涵深刻。
画中的树叶像鹅卵石，
云层中似有冠冕印迹。
福克[2]的画作别有意蕴，
圣像的慈善微带欢欣。
中国人画的远古山峦，
黑色笔墨刺激又新鲜。
绘画大师的手指发光。
超迈的心灵世代敬仰。

2021年1月18日

由于相互关联……

由于相互关联：
战争、气候、表演、
身体与灵魂、家园……
真渴望把所有音乐，
黑键的美妙旋律，
白键的轻柔音响，
统统带进免税港潜藏。
我做梦，梦见陶潜
和桃花源。风猛吹，
远方蝉鸣尖锐如利箭。

---

① 提香（1488—1576），文艺复兴时期意大利画家。
② 罗伯特·福克（1886—1958），俄罗斯画家。

但你们的时代标志
跟我有什么相关?
风吹散泪水,仿佛
头发蓬松的天使
触摸钢琴琴键……
海水汹涌迸溅
在一个天蓝色瓷碗。
接下来梦见齐白石——
他的青绿山水,使命。
忽然,心灵又想起
蝉鸣、持续不断
生机勃勃的彩绘牡丹。

2021年6月17日

【附记】

诗人阿拉·利普尼茨卡娅1995年移居以色列。2021年6月,以色列与巴勒斯坦伊斯兰抵抗运动(哈马斯)交战,炮火连天,居民听到警报,就得钻防空洞躲避。诗人想起了中国诗人陶渊明的桃花源,想起了画家齐白石的绘画,是对和平宁静的一种向往。

【译后记】

2017年4月初,我从Яндекс网上发现了俄语诗《中国扇子》和《李清照》,译成了汉语,开始寻找诗的作者阿拉·利普尼茨卡娅。直到2018年7月,我才在俄罗斯朋友谢公帮助下,找到了诗人的邮箱,原来他们俩都从俄罗斯移居以色列,两个人认识。我跟利普尼茨卡娅开始通信,翻译中遇到疑难问题,向她咨询求教,至今保持联系。

鲍里斯·赫尔松斯基

鲍里斯·格里高利耶维奇·赫尔松斯基，1950年出生，乌克兰诗人、翻译家、心理医生，敖德萨医学院毕业，现任敖德萨民族大学心理学教研室主任；出版有《赞美之术》《在篱笆外》《那岁月和那地方》《画卷》《家庭档案》等诗集，翻译过《道德经》。现生活在敖德萨。

老子说……

老子说：
“该说话时沉默——
会失去友人。
该沉默时说话——
会树立敌人。”

我从未见过老子的笑容。
谁记得老子年轻时的模样？
我从未遇见过这样的老先生。

当老子垂下眼帘，
他就像个盲人一样。

他不把词句放在心上。
他不把朋友放在心上。
他不把损失放在心上。

老子离开周已经七载……

老子离开周已经七载。
我梦见了他。他移动膝盖，
盘起双腿坐在蒲团上，

在一张灰纸上书写什么。

醒来我明白:老师已经不在。

从这一天起我改变了笔迹。
我的文章体现出他的手笔。
我的言谈回响着他的话语。

仿佛不是他,而是我半途中被掩埋,
或者说我的身体替他活到现在,
我从来不计较这种奴隶心态。

可是你一直烦恼,抱怨孩子们不孝。
等一等,等我们死了,他们就会驯从。

老子说:“道容纳万物。”

老子说:“道容纳万物。”
我反驳说:“万物包容道。”

老师气得用手杖打我,
虽然指点我清醒无为。

我可曾想再次跟他相遇,
在这条尘土飞扬的道路上,
一旁是业已干枯的河床。

我们遭受阉割，被驱除到西域。
看起来长久的争辩毫无意义。

不过我要强调：“万物包容道。”
尽管他嘶哑地说：“道容纳万物。”
毕竟老师比我早去世。
我还能够说最后一句。

【译后记】

乌克兰学者娜塔莉娅·切尔内什介绍我认识了诗人鲍里斯·赫尔松斯基，诗人给我寄来了一本精装袖珍图书，其中包括他翻译的《道德经》和他创作的长诗《紫禁城》，这里的几首诗选译自后一部作品。我写信问这位诗人，是否学过中文？他回信说，依据英语，参考俄语译本翻译《道德经》，有一位中国朋友，帮助他理解这部中国的古代经典。

谢尔盖·比留科夫

谢尔盖·比留科夫，俄罗斯诗人，1950出生于唐波夫省乡村，毕业于唐波夫师范学院语文系，曾任教于唐波夫大学，1998年移居德国，在大学任教，曾获得柏林国际诗歌竞赛奖，扎乌米（超理性语言）国际学会创始人与主席。他的主要作品有诗集《长久的过度》《凭天性写作》《奥妙的缪斯》《无穷尽的符号》《音韵谐调》《角色转换》等。

伴随李白漫游(组诗9首)

1

白鸥白鸥
仿佛心灵展翅
沙滩上有丁香毛巾
还有木制阶梯
风吹雨打
阶梯颜色灰暗
仿佛真理

2

柳丝抽打得疼痛
就在那一瞬间
空旷的林中草地
早晨的露珠
一丛野蔷薇
还有其他花草
叫不出名字

3

花粉从羽翅上散落
蝴蝶，你相貌忧伤
让人对美好时代
不敢心存奢望

4

飘飞的雨点
打在你脸上
瞬间的风
吹走了眼泪
这恰似
人们生活中期待
寻觅词语
与声音
声音
声音

5

我从李白的名字
听出了爱的含义

6

风向变化
向下向下
嘴唇上的盐
咸中带甜
鸟翅上的宇宙
说着含糊的话语
大海祈求
波浪的乳汁

7

我捕捉声音之鸟
却难以重复
啾啾啾
嚓嚓嚓的音调

8

无论在西方或在东方
在浮华的凡尘
在奇幻的星球
那里有风吹有水流
那里有海洋有头巾
空气中有回答的声音

9

在李白伸手
触及星辰的峰顶
有没有诗人
能够触及星斗
另一根琴弦
星的名字叫命运

收到《王维诗选》后

阿尔卡基·施坦因贝格[1]

---

① 阿尔卡基·施坦因贝格(1907—1984),诗歌翻译家,翻译出版了《王维诗选》。

寄给我
王维诗集
阅读王维的诗
仿佛畅游辋川河
陪伴几位诗人
仔细打量
观赏四周景色
从春到夏
看风光如何变化
至于严酷的冬天
我倒并不害怕……
引起我深思的是
还有多少奥秘等待破解

齐白石绘画(组诗3首)

1

一只蝈蝈
瞬间的跳跃
齐白石
心灵专注
用笔尖捕捉

2

瓷碟上的蜜蜂

留下图形
看上去
仿佛是汉字
蜜蜂进入
尚未成型的
境界
瓷碟上的蜜蜂
完美宴会的
来客

3

空中的麻雀
落在树枝
似乎
很轻很轻
像艺术家
齐白石大师
气息如缕
源自心灵

【译后记】

2006年人民文学出版社组稿翻译阿梅林主编的《当代俄罗斯诗选》，责编温哲仙把原作寄给我，我选译了7位诗人的近40首诗，其中包括谢尔盖·比留科夫的6首。2019年11月，比留科夫来北京参加国际书展，跟他的朋友张洪波见面，张洪波把他的邮箱发给我，我就这样跟诗人取得了联系，才知道他已经移居德国。这里选译的都是他最近几年创作的作品。

谢尔盖·索宁

谢尔盖·谢尔盖耶维奇·索宁,俄罗斯诗人,1952年出生于阿穆尔州别洛戈尔斯克市,毕业于布拉戈维申斯克国立师范学院物理数学系,曾在工厂担任工程师,在苏联军队中服役。诗人2005年加入俄罗斯联邦作家协会,先后出版有《温暖的黎明》《存在的循环》《这些年我一直梦见你》《一触即发》等诗集和长诗。

中国长城

我站在中国的长城上，
这是世界唯一的长城。
像宾客参加节日盛宴，
历史浓缩在我的心中。

从头到脚深深地陶醉，
我的身体似变得很轻。
世纪与世纪不可分割，
争执纷扰，喧哗不停。

天空清新，安详平静，
生活总愿意迎接喜庆，
种种争端靠对话解决，
古老的土地只有和平。

烽火台上已不见烽火，
没有刀兵，只有儿童，
他们说话都彬彬有礼，
让大地传播温暖友情。

我站在中国的长城上，
一股力量升腾在心中，
我相信就在这个国家，
我能发现另一种永恒。

思绪如飞鸟

我跟中国有多年交往，
每年都能够来回几趟。
新冠疫情后拒绝签证，
如今我只能精神拜访。

边界的关口已经封闭，
人们的来往久已断绝。
只有思绪像自由之鸟，
不想再这样忍受折磨。

轻松踏过中国的波浪，
幻想充满了我的心头：
俄罗斯智慧依如往昔，
跨越阿穆尔会见朋友。

李延龄、张华、米德祥，
还有谷羽，刚结识不久。
期待好朋友以诚相见……
让我致以心灵的问候。

2020年7月11日

【译后记】

齐齐哈尔大学李延龄教授是俄罗斯科学院外籍院士，阿穆尔州作协副主席，他编选了阿穆尔州诗人诗选，邀请我参与翻译，其中包括诗人谢尔盖·索宁的诗歌作品。诗人索宁有商业头脑，进入21世纪之后，曾跟中国生意人合作，从事边境贸易，迅速致富，在黑海岸边阿纳帕购置了别墅。第二首诗中提到的张华、米德祥是他的贸易伙伴。

德米特里·谢德罗维茨基

德米特里·弗拉基米洛维奇·谢德罗维茨基，1953年出生于莫斯科，俄罗斯诗人、翻译家，圣经研究者；出版有《诗歌与长诗》《透明的河床》《选自八本书》《平底锅》等诗集。

庄　子

永恒追问的烦恼消融于晨露，
人的哭泣与欢笑交织于雁鸣。
庄子之所以是伟大哲学家，
因为他写出了巨鲲与大鹏。

所有的小鸟和小鱼都在嘲笑
巨鲲大鹏翱翔的垂天之翼：
“嗨，它们何苦要这么庞大？
瞧我们在树枝间跳来蹦去——

不然就在水塘里边游泳：
这其中当然有很多乐趣！
鲲鹏何苦向往遥远的星辰，
何必要去无边的宇宙游弋？……”

有鳞的巨鲲遭遇挖苦，
展翅的大鹏受到抨击：
小小原子竟敢嘲笑太阳，
妄想为它制定生活规矩。

然而庄子无心于世间操劳，
他的心思飞向浩瀚的天空：
庄子之所以是伟大哲学家，
因为他写出了巨鲲与大鹏。

2017年3月22日

老子，我心爱的朋友……

老子啊，我心爱的朋友，
你很早就阐述了真理：
“只有柔弱者——稳固，
而强壮者——注定消失！”[①]

带有灯塔的辽阔海洋，
似乎并不比泪珠更大，
尽管听到老子的呼声，
我们渺小，心里害怕……

2003年

---

① 老子《道德经》第五十五章原文该句为：“骨弱筋柔而握固。……物壮则老……”

阿尔焦姆·科博杰夫

阿尔焦姆·伊戈列维奇·科博杰夫,汉语名科雅琼,教授,1953年出生于莫斯科,莫斯科大学哲学系博士,现任职于俄罗斯科学院东方研究所,因主持编撰六卷本《中国精神文化大典》荣获俄罗斯联邦国家奖,2020年获中国图书特殊贡献奖。他的主要著作有《王阳明学说与中国古代哲学》,译著有《道德经》《大学》《白居易诗选》,参与翻译《金瓶梅》。他父亲伊戈尔·科博杰夫是诗人,1960年曾访问中国。阿尔焦姆自己也写诗。

阴影 魔力 催眠

“身正不怕影子斜。”
——中国谚语

一个糊涂老太婆
凑近耳朵悄悄说:

假如不小心
踩到了阴影,
那么将来某一天,
必有凶险丧失性命。

于是我,像个
机灵的中国人,
四处奔走
追逐你的阴影。

只盼太阳
快过中午,
西天晚霞
奏响乐曲,

我把你的阴影
驱赶进沼泽地,
搅浑搅乱,

陷入淤泥。

这场骚动
恰似
狂风猛吹,
暴雨冲洗。

投身向
阴影中的影子,
让我的影子
压挤你的影子。

向黑暗
延伸
水藻的
魔力。

自我毁灭,聚集
阴影神秘之力——
你的阴影水藻
吞噬了我的影子。

在影子的
大陆,
思维有
自己的版图,
自己的规则,
自己的经典,
自己的逻辑——

这些做梦都梦不见：
1加1
不等于2，
依然还是1。

可怕的
局面
已经形成，
但不清楚，
两个影子叠加
释放出怎样的精灵。

1974年11月25日

【附记】

突破禁忌，勇于探索，方能获得精神解放。写这首诗的时候，诗人刚刚21岁。还在大学读书。但探索未知领域的锐气，研究《易经》《道德经》预示着他才情远大的前景。有资格主持编撰六卷本《中国精神文化大典》，并荣获俄罗斯联邦国家奖，充分说明了这位学者的追求与成就得到了学界的广泛承认。

中国人的孝顺

多么荒唐的举动：
哪儿传来奇怪的狗叫？
上了年纪的老莱，
装作一条狗又蹦又跳。

破布缝制的玩具
和滴溜溜旋转的陀螺——
上了年纪的老莱
玩各种玩具玩得快活。

上了年纪的老莱
穿着类似童装的衣裳——
粗麻布缝的长袍，
衣襟花花绿绿吸引目光。

老莱子像个傻子，
渴望傻到一百岁，
其中有什么缘由
包含着这样的智慧？

儿子负担沉重，
对双亲满怀孝心，
跟岁月进行较量，
老莱子成了胜利的人。

老态龙钟的父母

看儿子假装疯癫，
光阴为难，难把二老
收进无情的大网里面。

1974年，莫斯科

【附记】

老莱子，传说是春秋时期楚国人，对父母双亲恭顺孝敬。为了让父母高兴，70岁的老莱子，穿上花花绿绿的童衣，在地上打滚儿、模仿狗叫、玩弄各种玩具，以博得父母开心的欢笑。老莱子的故事参见传统书籍《二十四孝》。

【译后记】

我从2015年2月6日开始跟阿尔焦姆通信，我写的《评阿扎罗娃译杜甫》就是经过谢公翻译，由他编辑加注，发表在俄罗斯科学院东方研究所2015年年鉴上的。2019年10月底他和夫人奥尔罗娃来南开大学访问，给我带来了《中国诗集》第2卷。他是一位学识渊博、令人敬重的好朋友。本书收入了阿尔焦姆和他父亲伊戈尔·科博杰夫两位诗人的诗，让我深感荣幸。

维罗尼卡·多琳娜

维罗尼卡·阿尔卡吉耶夫娜·多琳娜，1956年出生于莫斯科，毕业于莫斯科师范学院法语专业；俄罗斯诗人、歌手，自己写歌词谱曲，自己演唱，在俄罗斯巡回演出，也曾出国演唱，出版有多本诗集。

中国瓷瓶

我的房子里阴暗寒冷。
中国瓷瓶注视我的脸,
像我的奶奶自上而下
俯视着我,目光茫然。

其实是个忧郁的瓷瓶——
浑身描绘得光彩璀璨。
线条柔和,华贵轻盈。
肃穆,偶尔瞥上一眼,

看我们日常如何操劳,
或哄孩子,或逗狗玩。
当然,她不返回中国,
留下来愿把我们陪伴。

去中国小饭馆

请你尽量来得早一点,
即便下着毛毛细雨。
请带我去中国小饭馆——
我希望一切都顺利。

我们飞得高，飞得低，
路不远就能到那里。
这不是圣弗朗西斯餐厅——
涅戈林纳街我熟悉。

你看，中国人待客殷勤，
这一天我盼了很多日子，
给我们端来了烹虾段，
红色酱油，我最痴迷。

中国人从不怕耗时费力！
服务周到让我们很满意。
即便是莫斯科的小饭馆，
论菜肴金字招牌数第一……

告诉你，我想大哭大叫，
把饭馆变成一片沼泽地。
因为我知道，水能养虾，
水能养虾，万事如意！

请你尽量来得早一点，
我已经请求了多少次。
请带我去中国小饭馆——
必须做到一切都顺利。

米哈伊尔·巴辛

米哈伊尔·弗拉基米洛维奇·巴辛，弹唱诗人，剧作家，1957年出生于莫斯科，经常在苏联各地举办诗歌音乐会；1990年移居以色列，曾到美国、瑞士和德国巡回演出。

听聊斋

——给我的狐仙

“小狐仙，
你长着一头红发！
是从中国来的吗？”

“是从中国来的，
那里天空完全不同，

那里的山岭别有美梦——
来自夜晚深山，神秘东方，
那里的运河流淌东方之水，
狐狸交谈，水流听得懂，

诗人李白的灵魂住在那里，
狐狸说话，他也听得分明，
那里的诗句优美，如树叶，
轻轻地飘飞，飞向天空。

那里流淌着一条大运河，
那里的小船真诚安静，
正在把一位诗人等待，
小船就藏在岸边芦苇丛……

这些话也许你听不明白，
因为这里言语含混不清。
盼只盼能有中国丝绸……
盼只盼像鸟儿展翅飞腾……”

“我的红发仙女，天可怜见，
你怎么来到这里，路那么遥远？”

“我陷入困境，有人搭救。
挖个坑，能躲避子弹。
常遇陷阱！一路千难万险，
无路可走，全凭脑筋灵活，
挖个坑，其实很简单，
我们靠计谋寻求安全。”

“你是谁，外来的狐仙
是迷路之妖还是天生精灵？
这么说，你了解我的命运，
深渊里的声音你也听得清？”

每个人都有他的时辰，
岁月带给他命定的缘分。
每个人都不用逃避未来，
从狐狸到人都知天认命。

你想消除我满面愁云吗？
你可想进入奇妙的梦境？
除此之外，我别无所能……”

狡黠的狐仙说道，
她是小小的仙女……

再不能跟她分离，
因为我相信奇迹。

1989年

【附记】

诗人熟悉《聊斋》故事，以对话形式展开叙事情节，主人公以书生身份出现，对小狐仙一见钟情，再也不愿分开，从中不难感受狐仙的迷人魅力。

莉季娅·雷巴科娃

莉季娅·雷巴科娃，俄罗斯诗人、翻译家，1960年出生于塔尔多姆，生活于莫斯科州；出版有诗集《潮汐》《不知所措》《芝诺箭矢》，童话长诗《琥珀城堡》。诗人关注中国文化和古代哲学著作，创作了与老子、庄子相关的诗，还把中国当代女诗人李南的作品译成俄语。

是不是庄子做梦?(组诗4首)

是庄子梦见他变成了蝴蝶,
还是蝴蝶梦见它成了庄子?

1

究竟谁是蝴蝶,谁是老庄?
是谁在做梦,生活在梦乡?
难解难猜!我从小弄不明白!
我只想把姑娘跟吉他区分开……

2

说蝴蝶会做梦,并非事实。
说老人梦中飞,亦属玄虚。
说世界做梦,那倒是很有可能,
我们岂不都和庄子与蝴蝶相同?

3

我梦见智慧长者守着一张纸
陷入沉思,思考永恒如何延续……
这时一只蝴蝶不知从何处飞来
轻盈地扇动翅膀,它想入非非
竟落在光秃秃的头顶上休憩。

思绪断了！不经意间举起手，
啪的一声，朝光光的头顶拍去！
智慧长者啊，恍然惊醒——
原来是在梦乡里看见了蝴蝶，
他领悟：凭借意念象由虚生。

4

无论我还是蝴蝶，我们本质上一样：
我害怕撞上墙，蝴蝶怕撞上玻璃窗。
至于今天做梦我们究竟谁梦见了谁，
冷漠的宇宙根本就不会放在心上！

2013年3月5日

问 道

百思不得其解，
(脸上写着苦恼)，
小道童走过来
向白发道长求教。

“长老，为何活着？
我想得到指点！
请你解开奥秘，
消除我的忧烦！”

长老面带笑容，
缓缓说道：
“孩子！
我的来日无多，
你知道，不开玩笑。

你能不能解答，
河水为什么流淌？
风为什么吹拂，
引起苇丛沙沙响？

林荫道光影闪烁，
是否早被人遗忘？
太阳给石头温暖，
石头有何感想？

为什么在这夜空，
月牙儿清辉流泻？
当你找到了答案，
到时候再来见我。”

“不明白其中道理，
我难以回答，长老！
我没有那种秉赋：
世界是上天创造！”

思索种种细节，
世界复杂而博大！
智慧长者也未必

能够给予解答！

长老说道：
“顽童，
你总是大声喊叫。
怎么对世界有益？……
你学会沉默才好。”

2014年11月2日

登　山

“登山时不必奔跑超越一路上山的人。
下山时你还会跟他们相遇。”

我们登山——起初山路上
一大群人拥拥挤挤。
稍后，攀登者当中少数几个，
在狭窄又陡峭的小路上前行——
几乎难找到插足之地。

看，走在前面的人动作迟疑，
已经耗尽了气力。
其他人在抱怨：靠边站，伙计！
我避免妨碍别人，应该停下来，
喘口气稍事休息！

不料他改为爬行,尽管气喘吁吁,
仿佛快要断气,
把路边枯草抓在手里。
碎石滚落下来——
突发灾难令人恐惧。

右边是深渊,左侧是峭壁。
小路狭窄。
迎面的风——猛烈无比,
我们即将登顶,就差几步——
目标近在咫尺。

僵在小路上,像生锈长疮。
像喉咙里扎刺。
闪开路,这坏蛋个子矮小!
看来,一脚踹过去——
就能解决问题。

不料那是个老人。爬山的日子
表情一直忧伤又谦卑。
他说:
“别动。我们下山。
还会再次相遇。”

出乎意料的话叫人惊奇,
所有人瞬间无语。
愤怒,像雪见阳光迅速融化。
老人站在那里,
目光平静望着我们,

显得格外明智……
“请问,你是什么人?”
他摊开双手回答:
“问我?我是老子。”

【译后记】

2013年7月我在互联网上发现了俄语组诗《是不是庄子做梦?》,很快译成了汉语。后来在俄罗斯远东所研究员科罗博娃帮助下,我找到了找到了诗人莉季娅·雷巴科娃的邮箱,开始跟她通信,后来又翻译了她的诗作《问道》和《登山》。雷巴科娃说她喜欢庄子,是因为小时候看过庄子的故事,后来又读了俄罗斯汉学家马良文翻译的《庄子》一书。她书信中的一句话“庄子拥有内在的自由!”给我留下了难忘的印象。

叶列娜·洛克

叶列娜·弗拉基米罗夫娜·洛吉诺娃，笔名洛克，1963年出生。她对中国历史、地理、文学、诗歌、电影感兴趣，尤其喜欢唐诗，大量阅读吉托维奇、艾德琳、孟列夫等汉学家翻译的唐诗译本。李白、杜甫、王维、白居易、李清照，是她最欣赏的诗人。通过阅读有关中国的书籍，看有关中国人文地理的纪录片了解中国，像这样关注中国古代文化与诗歌的外国诗人，实属罕见。

梦幻天地

我到哪里去寻找桃花源
通往山洞的路有何标志
湖水粼粼如碧蓝的眼睛
又像黄龙鳞片光彩熠熠
气息清新长空万里如洗
品一口绍兴酒味道甘醇
一杯龙井茶有缕缕香气
这是梦幻天地了却心愿
雪花飞旋融入长江波浪
西风白虎撕扯长衫衣裾
衰迈暮年如落日的余晖
青春年少是梦中的庄子

2016年5月10日

【附记】

洛克的诗是严谨的格律诗,但她不使用标点。我翻译她的诗,想尽力接近原作的风格,再现其艺术特色。这首诗提到了陶渊明的桃花源,绍兴酒,龙井茶,还有庄子,扑朔迷离,正是梦中恍惚迷蒙的情境。俗话说"日有所思,夜有所梦",这首诗反映了诗人对中国文化的向往与迷恋。

文房四宝

阴郁天气致使思绪沉重
四月的雨水让心情暗淡
当你走向五台山[1]的时候
谁记得寒食节禁火禁烟[2]
清明时节[3]已经悄然来临
空中飘浮着灰暗的云团
喜马拉雅山有倒塌时刻
青海湖水味道又苦又咸
何来富贵？我布袋空空
纵使我跟黔娄[4]一样贫寒，
飞扬文字——是我的财富
有文房四宝:笔墨纸砚。

2016年5月22日

---

① 原注:走向五台山意味着死亡，是人生末路。
② 原注:中国古代的寒食节禁火三天。
③ 原注:清明节是祭扫坟墓缅怀前辈祖先的节日。
④ 原注:黔娄是中国古代贫寒高洁的隐士。

李 白

寒风阵阵如矛刺穿骨
雨水倾泻打湿了蓑衣
猿猴鸣叫声痛苦凄楚
我情不自禁泪水淋漓
无处安身，四处漂泊
只剩手杖和长衫旧衣
富裕时刻，慷慨挥霍
那时节很少眷顾家人
妻儿盼信如春盼太阳
素粥果腹，无柴取暖
愧对亲人，无言自辩
恨自己早已成了外人
未来岁月无人可牵挂
幻想如烟消失于云外
心中的蝶翅振颤成诗
茫茫迷雾笼罩了李白

2017年3月18日

【附记】

洛克写李白角度新颖，并非赞美诗人的非凡才华，而是化身李白，在困境中反思，愧对妻子儿女，恨自己成了外人。天才诗人未必是好丈夫、好父亲。这是洛克的一家之言。

忆陆羽

如果生活中心情平和
居高临下看碌碌营营
只需思绪清晰而纯正
心存真理而暖意融融
对君主没有任何期待
不求官爵,不要名声
洛阳的繁华早已忘怀
撇开宫廷争斗与逢迎
在山坡修筑一间茅屋
漫步山间,不知疲倦
打破宁静的只有鸟鸣
我喜欢在星空下过夜
从峡谷深涧攀上顶峰
山峦揭示茶叶的奥秘
一支毛笔谱写出历史
一部《茶经》天下闻名

2017年5月7日

【附记】

陆羽(733—约804),唐代茶学家,被誉为"茶圣"。他生性诙谐,与女诗人李冶(?—784)、诗僧皎然(约720—约795)交往。陆羽精于茶道,上元初年(760),隐居苕溪,撰《茶经》三卷,对茶的性状、品质、产地、种植、采制、烹饮、器具等皆有论述。该书成为世界上第一部茶叶研究专著。诗人洛克写茶圣陆羽,就化身为陆羽,出手不凡。

献给诗人白居易

雾气飘浮犹如天鹅绒
松树枝高耸触及天空
娇美的桃花纷纷坠落
草木中锦鸡呼雌唤雄
溪流淙淙,犹如合唱
瀑布轰鸣与流水呼应
欣羡者徒劳幸灾乐祸
财富与权位早该舍弃
真不如独自隐居深山
观赏夕照中的鄱阳湖
再不为失去官职忧烦
我思索诗歌中的命运
在此饮酒跟月亮交谈
跟几个渔翁谈论垂钓
竟忘记了流逝的时间
我心安然,一如所愿
庆幸脱离了黄金樊笼
我像鸟儿为自由欣喜
喜爱鄱阳湖喜爱庐山

2017年6月16日

【附记】

洛克写白居易,一如写陶潜、写陆羽,欣赏诗舍弃官职、归隐江湖的一面。这是诗人心目中的白居易,未必是历史上真实的白居易。常言说,有一千个读者,就有一千个哈姆雷特。同理,每个写白居易的诗人,都有他个人心目中的白居易。

忆李清照

晚霞闪耀火红的鳞片
荷塘中驶过一叶小舟
历历往事展现在眼前
种种感受全涌向心头
那时候觉得幸福无涯
不料惊雷炸顷刻离别
月光洒向孤独的卧榻
听不到台阶上的欢笑
只能分辨出敌寇叱骂
高声怒吼,刀剑劈杀
车轮滚动,孩子哭泣
看到你长眠的黄土丘
多少次又跟春天相遇
一阵清风使芦苇摇曳
秋天落叶堆积在门槛
没有你,我何苦活着?

2017年8月12日

【附记】

这首诗以回忆的笔法写李清照,侧重写国破家亡如惊雷炸响生死离别的一幕,刻骨铭心,令人震撼。诗人的构思有值得借鉴之处。

尹 喜

紫色的云朵渐渐聚拢
心中忐忑意味着期待
激动如同鸟儿的跳跃
准备好迎接大师到来
逐一揭示自然界奥秘
青牛在路上行走缓慢
临近关口时已是傍晚
听到的话语奇妙如花
贯穿始终有一条丝线
写字的毛笔缓缓移动
在山岭树木的阴影中
道德经轮廓隐然呈现
羲和让太阳躲进长江
美丽云霞染红了夜空
函谷关沉入一片静寂
珍藏老子无价的馈赠

2018年4月25日

【附记】

尹喜,春秋末思想家,把守函谷关,老子骑青牛出关西游,应尹喜请求写下五千言《道德经》。尹喜是老子的第一个弟子和老子学说的传承者。函谷关位于河南与甘肃交界处。羲和为神话人物,为太阳神驾车的御者。俄罗斯诗人洛克写中国的古代故事,写老子与《道德经》,居然如此从容淡定,活灵活现,实在令人敬佩。

阴阳平衡

羲和驾车让太阳升空
山上的云雾逐渐消散
娇柔的花朵吐露花蕾
黄河的波浪粼光闪闪
这是一条美丽的长河
波平浪静,水流平缓
但它常常会冲动暴怒
让洪水淹没城镇村庄
农民的庄稼颗粒无收
让诸侯之国顷刻灭亡
女人的残忍一如水患
献公蒙受骊姬的欺骗
几个儿子都遭受驱逐
爵位继承人做了更换
晋国君主不久后去世
狡诈的骊姬执掌实权
百姓预言,宝座颠覆
无须甲骨占筮与卜算
阴阳平衡乃宇宙法则
阴阳失调则世界昏暗
和谐与混乱放在天平
社稷之易碎犹如玉碗

2018年6月16日

【附记】

这首诗由黄河水患写到春秋时代的“骊姬之乱”，然后写到阴阳平衡乃宇宙法则，笔法可谓大开大合，叙事则条理从容。晋献公（公元前676—前651在位），原本立了太子，后骊姬生子，用诡计谋害太子，意在篡夺王位，史称“骊姬之乱”。

黄山天下奇

飞旋的风雪耗尽气力
严寒把松针镀成白银
山隘之中堆满了积雪
山巅之上流动着浮云
一道瀑布似急于下泻
波浪激荡在峡谷当中
美丽的世界庄严静寂
我听见自己的脚步声
一根手杖试探着雪堆
笃笃敲击岩石的阶梯
普门法师曾多年寻思
修曲折山径通向佛寺
徐霞客词句最合我心
中国的黄山无可匹敌
只须一次登上光明顶
就知人间仙境天下奇

2018年12月30日

【附记】

洛克写黄山，就化身为中国古代僧人，亲自攀登黄山，一根竹杖在手，敲击石阶发出笃笃的声响，身临其境，才能登上光明顶，一览天下称奇的仙境。

中国扇子

扇子上面画着黄山
美丽山坡带有积雪
北海波浪起伏翻卷
登高一望视野开阔
永恒仙境美如天堂
层峦叠嶂巨石怪岩
条条瀑布飞流直下
只有蓬莱如此奇幻
打从峡谷登上山顶
造化神奇见所未见
真想变成那只石猴
永远俯视着太平县

2018年11月24日

【附记】

中国人说五岳归来不看山，黄山归来不看岳。奇松、怪石、云海、瀑布，是黄山绝妙的风景。这些景致都画在一把折扇上。诗人看着画扇，神游黄山，构思独特，不落俗套。

空城计

司马懿引兵攻取西城，
不料城门竟四敞大开
城楼上传来悠悠琴声
如鸟儿飞在云霄之外
连苍天都爱听这琴声
似乎在诉说喜悦心情
孔明靠抚琴赢得胜利
受骗的仲达仓促退兵
他怀疑山中设有埋伏
像鱼把钓钩吞入腹中
司马懿这次大大失算
尽管他领兵一向精明
作为对手曾多次相遇
但宇宙自有它的规律
蜀吴联合来对抗曹魏
魏灭蜀吴，最终取胜
司马家族建立了国家
人们称赞的却是“卧龙”

2019年4月12日

【附记】

只有熟读过《三国演义》，熟悉三国故事中的人物，才能写出这样的诗篇。虽然司马家族建立了晋朝，诗人却同情诸葛“卧龙”，品鉴人物，与中国读者的观点近似。

白马寺

洛阳街头,喧哗热闹
商贩呼叫,车水马龙
尘土飞扬遮蔽了太阳
人群涌动似海浪汹涌
唯有白马寺清净安谧
佛的笑容与智慧目光
让我变成了一个儿童
心灵挣脱世俗的操控
完全放弃尘世的升迁
甘愿在嵩山出家为僧
习惯了素食安闲度日
种种烦恼消失了踪影
适应了打坐冥想思过
遵循菩萨的指点教诲
在未来岁月参透因果
崭新生活必减少苦痛

2021年10月12日

【附记】

白马寺是中国第一座佛教寺庙,公元68年遵照汉明帝的旨意在洛阳建立。嵩山,位于河南省,是三教文化的发源地。

玄奘法师

京城长安的天气闷热
总不下雨“秋老虎”逞凶
在这样一个平常日子
玄奘背负行囊上路启程
去西天取经路途艰险
带着随从穿越沙漠戈壁
吐鲁番火焰山火焰升腾
帕米尔高原寒风呼啸
目睹几十国居民生活
聆听各种语言诵读佛经
从长老那里汲取智慧
印度河、恒河水流从容
离开国土将近十七年
经历的风险数也数不清
为揭示古代经卷的奥秘
取回了六百部梵文佛经
虔诚的朝圣者行程万里
他是质朴虔诚的苦行僧

2021年10月15日

【附记】

玄奘(602或600—664),唐代高僧,本姓陈,名祎,洛阳缑氏人。他13岁出家,21岁受戒,曾游历各地,参访名师;贞观三年(629)从长安出发,历经艰险去西方取经,在印度佛教中心那烂陀寺,师从戒贤大师学习佛法,贞观十九年(645)回到长安,往返17年,旅程25000公里,取回大量佛教经典;回国后受唐太宗召见,后常住大慈恩寺,主持翻译佛学经典,译出经、论75部,对中国佛教思想影响极大。

【译后记】

2018年5月我从互联网上发现了叶列娜·洛克的诗,大约翻译了20首,开始想寻找她的联系方式,一个月后,谢公帮助我找到了她的邮箱,我们开始通信。当时她写的中国题材的诗歌作品还不到100首。我陆续翻译了几十首。到了2020年7月6日以后,她的网站上很长时间不再贴新的作品,我给她写信也没有回音。我给阿拉·利普尼茨卡娅写信,她也不知道怎么回事。新冠肺炎疫情期间,真为她感到担心。我给莫斯科的伊戈尔·布尔东诺夫写信,问他能不能想办法找到叶列娜的电话,以便询问。

伊戈尔果然找到了诗人的电话,才知道她得了一场重病。直到这2020年11月份,身体才逐渐恢复。伊戈尔经过精心的准备,策划了一场视频诗歌晚会,由叶列娜·洛克朗诵她的7首诗,配上谷羽的汉语译诗,伊戈尔的7幅水墨画,拍摄成小电影,在晚会上放映。这场晚会2021年5月29日晚在莫斯科举办,洛克在远离莫斯科400公里的阿尔扎马斯视频参与,取得了很好的效果。洛克在给我的信中,不仅赞扬了伊戈尔的多才多艺,更感激他乐于助人的深情厚谊。我觉得这是中俄文化交流的一次值得纪念的活动。

阿列克谢·菲里莫诺夫

阿列克谢·奥列格维奇·菲里莫诺夫，1965年出生于莫斯科州，毕业于莫斯科大学新闻系和高尔基文学院，彼得堡诗人，著有《夜晚话语》《丁香雷雨》《涅瓦河畔的房子》等诗集。他关注中国文化，4次访问中国，与中国学者合作翻译中国当代诗集《风的形状》，为吉狄马加诗集《时间》俄译本撰写序言。

中　国

嫩竹子的气味飘浮，
带冰雪的山峦青青，
作为来自远方的客人，
我又一次在中国旅行。

数不清多角的宝塔！
数不清湖泊与山峰！
我知道，有上帝保佑，
路途平坦，无须惊恐。

这里的人们用砖石
修筑古老的万里长城——
城墙尚有烽火痕迹，
它却换取了持久稳定。

尖塔、宝塔、角楼，
梅花凋谢，缤纷落英……
一个个黄色方块字
在蓝色阁楼显得冷清。

1994年6月19日

蝴蝶的再生

蝴蝶,庄子何在?
能否在后代中永生?
我看见露珠反光中,
许多蝴蝶其大无朋。

这是庄子的本意,
还是你自己的灵感?
你正沉浸于梦境,
渴望与智者梦中相见。

哦,梦幻者飞翔在
汉语方块字的高空,
在梦呓中追逐蝴蝶,
影子一样匆匆飞行。

2017年9月17日

中国诗歌

——给翻译家谷羽教授

诗——是划向漂浮数字的桨,
那里有梦幻与歌唱的反光。
诗——是自然、呼声和手艺,

短暂休息的殿堂躲避动荡。

是日出山冈,石头外漫步——
是幻影飞翔在云外之乡,
沉浸于半睡半醒的状态,
清澈的眸子,把命运端详。

点燃篝火祭拜寒冬之神灵。
中国诗歌——呈方块字样,
在平凡的世界,高贵清晰,
像生活传奇闪烁透明之光。

2015年4月16日

夜晚我化为蝴蝶

夜晚我化为蝴蝶
翩翩飞向远方,
献给中国的礼物
是书籍和忧伤。

那美丽的花纹
印在多情的翅膀,
你要及时捕捉
频频抖颤的目光。

空客掠过头顶

美梦中返回家乡，
晚霞无边无际，
闪烁春天的光芒。

2016年2月11日

会见中国诗人

彼得堡多雨的季节，
多么亲切的会见，
他的诗就像朋友——
来自那遥远的天边。

诗句连接起城市，
连接命运和诗人，
他的诗行充满豪情，
情节生动而又温馨。

穿越现实与梦幻，
千真万确富有灵感，
好诗借助于翻译，
化为一片洁白的帆。

我们在车站告别，
希望在中国相聚，
一个诗人这样说，
另一个点头赞许。

双层列车即将启动，
如同展开了羽翼，
离别时依依不舍，
响起了悠长的汽笛。

2016年8月31日

西湖遐想

西湖有非凡之美，
西湖是湖中的珍奇，
擅回忆、能预测，
它像一首完美的诗。

这里的湖水喧响，
吟唱着世界的神话，
这里有神鸟凤凰，
使人想起莎士比亚。

花园的日暮灯光
令从政者心趋柔和，
一杯绿茶的清香
增其睿智促其思索。

西湖如明眸沉思，
又像是晶莹的钻石，

失落者或疲惫者，
来此一扫孤寂心绪。

湖水的重重倒影，
预示未来目光长远，
深深的湖水摇荡，
湖中三潭激发灵感，

月光昭示着永生，
永生的心灵与梦幻，
一层薄薄的轻雾
遮不住高空的辽远。

把船儿划向碧空，
空中有古人的诗行，
如星斗一样闪烁，
散发着挚爱的光芒。

2017年8月10日

我时刻倾听……

我时刻倾听
中国音响，
及其声调，
反复斟酌掂量

其内涵与细微变化，
月光如此神奇！
中国成了我的朋友，
竟然不知不觉。

我想提示
永恒无尽无穷，
中国提醒我，
眼眸清醒无梦，

有人关注，
偶数与奇数，
阴与阳
或者早与晚——

万物平等，
存在和谐的秘密，
中国思想
你不显现形体。

2019年9月24日

老子在什么地方休息？

老子在什么地方休息？
我看见了溪流和草地，
通晓一切的蝴蝶知道：
《道德经》出自老子手笔。

五千文构思来自天堂，
真理的诉说明快简洁，
聪颖的孩子站在门口，
道之蝴蝶澄澈如琥珀。

蝴蝶飞舞于灿烂霞光，
蓝色的太阳璀璨晶莹，
永恒之象呈现于夜晚，
在太空的丝绸里做梦。

阳可转化，转化为阴，
山坡霜雪闪烁如星星，
星光化为晴空的蔚蓝，
蝴蝶可以在云端飞行。

一支毛笔沾满了蔚蓝，
水墨描绘透明的风景，
中国的汉字飘飘浮动，
飞向崇高美好的仙境。

2020年2月23日

刘章的诗上庄

诗人刘章令人由衷敬仰!
你的村庄诗歌茂盛繁荣,
诗人的灵魂飞上了星空,
四周的群山回荡着呼声。

诗人的声音尚不为人知,
几十年无人了解这颗星,
诗魂离开村庄飞入云端,
等永恒的蓝天给予回应。

在后代面前毛笔已冻结,
描绘的世界呈往昔时态,
我们参观过你住的房子,
一切照旧,诗神在等待,

等待诗的灵泉喷发奔涌,
在这里做梦都获得灵感。
我醒了,看到许多方块字
在晨曦中闪烁,金光灿烂。

2020年3月18日

【附记】

河北诗人刘章于2020年2月20日逝世。诗人菲利莫诺夫2017年9月访问过刘章的家乡诗上庄。得知诗人去世后,他写了这首诗寄托哀悼之情。我把这首诗的原作连同译诗寄给了刘章之子、《诗选刊》杂志主编刘向东先生。

为什么纳博科夫需要中国?

为什么纳博科夫需要中国?
因为诗人的父亲
在小说《天赋》[①]中跨越边境,
目睹了奇异的世界,

那里的云一直在自由舒卷,
那里的诗人永存,
幻梦,能够挣脱深渊,
随意飞行,

超越国内的厮杀纷争,
或进入佛陀的宝塔。
飞越无底陷阱的西林,
飞越犹大的处境。

在那里的庙宇中遇见,
父亲祝福的目光,
目睹西藏采花粉的蝴蝶,
目睹不朽的面庞。

2020年7月4日

---

① 弗拉基米尔·纳博科夫(1899—1977),俄裔美籍作家,《洛丽塔》是其代表作。他在长篇小说《天赋》中写他父亲在中国的经历。西林,是他年轻时的笔名。

【译后记】

经北京师范大学张冰老师介绍，我跟彼得堡诗人阿列克谢·菲里莫诺夫从2012年开始通信。2015年我们一道参与了扬子江诗刊社组织的《胜利之歌——纪念中国人民抗日战争暨世界法西斯战争胜利70周年特刊》的编选与翻译。2017年9月下旬天津市举办第三届诗歌节，菲里莫诺夫应邀参加，我去北京机场迎接他，那是我们第一次见面。诗歌节在武清区举办，他的发言题为"与中国当代诗歌对话"，由我翻译成汉语。晚上张冰、菲里莫诺夫和我三个人聊天儿聊到很晚才休息。转天早晨张冰陪他去兴隆县诗上庄村参加北京国际诗歌节。相信这段紧张而快乐的日子，诗人会牢牢记在心底。

马克西姆·阿梅林

马克西姆·阿梅林，俄罗斯诗人、散文家、翻译家，1970年出生于俄罗斯库尔斯克，毕业于库尔斯克商学院，并在莫斯科高尔基文学院进修深造，先后荣获多种文学创作奖：1998年获“反布克奖”，2012年获“伊万·布宁奖”，2013年获“索尔仁尼琴奖”，2017年获俄罗斯联邦“诗人”奖。诗人曾多次访问中国。

登上八达岭长城

“什么人登不上长城，
就算不上好汉！”——
我这个外国人，
现在登上了长城
完全有理由自称英雄。

长龙一般蜿蜒的链条
座座碉楼巍然高耸，
一些人看来心里安稳，
另外一些人看了
会感受震慑与惊恐。

延长到千里万里，
遍布全中国的长城，
让外来敌寇难以翻越，
不受蛮夷侵犯
保护国土安宁。

我站在长城的一点，
留下渺小的身影，
意识到自身的无力，
反倒不怕伸出手
触摸这石头的长龙。

【译后记】

我跟马克西姆·阿梅林有一面之缘，2016年6月末在凉山西昌举办邛海国际诗歌周，我们见过面，相互交换了名片。

艾仁·艾克萨布杰

艾仁·艾克萨布杰，1986年出生，俄罗斯诗人、乐手，2012年获得童僧奖。诗人爱好绘画，他写的诗《齐白石》对中国绘画有细腻而深刻的观察与感受。

齐白石

刹那间。思绪寻觅形式。
节奏鲜明,动作准确。
我在庸碌平凡中蹉跎——
不慌不忙欣赏你的创作……

创作,激发我们的才智
使内心平和趋向澄澈……
瞬间。毛笔起舞。那是
齐白石常有的绘画时刻!

色彩线条在这里结合;
形象通俗易懂又鲜活!
自然景物,用心捕捉,
这都源自传统的笔墨……

2013年3月12日